LE GENDRE

PAR

CHARLES DE BERNARD

I

Dans un petit salon de campagne d'où l'on apercevait la Seine et les côteaux de Meudon, un dialogue fort vif avait lieu entre deux personnes de sexe différent : l'un était un homme d'environ cinquante-cinq ans, doué d'une physionomie débonnaire et porteur d'un de ces costumes taillés en plein drap, qu'aux approches de la vieillesse beaucoup de gens adoptent comme s'il leur restait quelque espoir de grandir. L'autre était une femme, plus jeune de deux lustres environ, pimpante dans sa maturité, et dont la toilette prétentieuse annonçait une coquetterie mieux conservée que ses attraits.

— Mais, ma chère amie ! mais, madame Bailleul ! mais, ma chère amie ! disait l'être masculin d'une voix dolente.

— Votre chère amie ! il n'est pas question de ça ; voulez-vous, oui ou non, faire ce que je vous demande ?

— Mais, ma chère amie, c'est impossible.

— Rien n'est impossible.

— Mais vous ne voulez pas comprendre qu'il s'agit d'une promesse sacrée, d'un engagement d'honneur, d'une clause de contrat !

— Enfantillage ! en famille y regarde-t-on de si près ?

— Mais permettez-moi de vous faire observer que ce n'est point un enfantillage : c'est une chose très-sérieuse. En mariant notre Adolphine à Chaudieu, nous lui avons constitué un avancement d'hoirie de quarante mille francs payables trois mois après la signature du contrat ; il y a de cela cinq mois passés, et Chaudieu n'a pas encore touché un sou.

— Le voilà bien malade ! Adolphine n'est-elle pas fille unique ? tout ce que nous avons ne doit-il pas lui revenir après notre mort ?

— Après notre mort ! comme tu y vas ! J'espère bien que nous n'en sommes pas là. Ce qu'il y a de certain, en attendant, c'est que je dois quarante mille francs à notre gendre, et qu'il m'est pénible de n'avoir pas pu acquitter cette dette à l'échéance. Ce pauvre Chaudieu n'ose rien dire, mais je suis sûr qu'il ne serait pas fâché de voir la couleur de nos écus. Cette maison-ci lui coûte cher ; il a fait des dépenses pour la corbeille et pour leur ameublement. Quand on se marie, ça n'en finit pas ; et peut-être comptait-il sur cet argent pour couvrir une partie de ses déboursés ?

— Voyez le grand malheur, quand il attendrait quelque temps ! Il me semble que des gens comme nous sont bons pour quarante mille francs.

— Ça, c'est la vérité, dit M. Bailleul avec importance.

— Et que faute de M. Benoît Chaudieu, Adolphine n'aurait pas chômé de mari.

— J'ose le croire. Mais enfin voilà deux mois qu'il devrait avoir reçu cet argent, et il serait fort désagréable qu'il vînt un beau matin me le demander sans que je fusse en mesure d'obtempérer à sa réclamation.

— Je voudrais, en vérité, qu'il se permît un pareil procédé ? répondit madame Bailleul en fronçant dédaigneusement les lèvres ; je lui apprendrais comment on doit se conduire envers des gens comme nous. Mais vous vous mettez martel en tête mal à propos. Chaudieu n'est pas homme à nous manquer d'égards ; de ce côté, je n'ai qu'à me louer de lui.

— C'est précisément parce que ce pauvre Benoît est un vrai mouton que je me fais scrupule...

— Si c'était un loup, votre scrupule serait, je crois, plus grand ; mais au lieu de discuter, concluons. Sur les quarante mille francs que nous donnons comptant à Adolphine, vous en avez remis dix mille il y a trois mois à M. Laboissière, qui veut bien les placer dans son entreprise de bateaux inexplosibles, et vous garantit dix pour cent d'intérêt au minimum. Aujourd'hui M. Laboissière demande aux mêmes conditions un second versement de dix mille francs, et je les lui ai promis. Prétendez-vous me faire manquer à ma promesse ?

— Ma chère amie, je ne dis pas cela, répondit M. Bailleul intimidé par le regard de sa femme ; je ne demanderais pas mieux que de faire ce que tu désires, mais c'est Chaudieu qui m'embarrasse.

— Tout vous embarrasse ; ne dirait-on pas que ce soit la mer à boire ! savez-vous ce que vous ferez ? Au lieu de donner quarante mille francs à Chaudieu, vous lui en payerez la rente, deux mille francs par an. Qu'aura-t-il à dire ? Ces deux mille francs, votre argent placé à dix chez M. Laboissière vous les rapporte ; vous vous acquittez donc sans bourse délier, et il vous reste vingt mille francs. C'est clair, je crois.

— Sans doute ; mais je n'oserai jamais proposer cet arrangement à notre gendre.

— Je m'en charge.

— Et puis ces bateaux inexplosibles, est-ce bien sûr ?

— Puisqu'ils ne peuvent pas sauter.

— Les bateaux ! mais l'argent des actionnaires ?

— Ah ! voici une autre histoire. Croyez-vous M. Laboissière un honnête homme ?

— Assurément.

— Pensez-vous qu'il veuille vous engager dans une mauvaise affaire ?

— Je ne dis pas cela.

— Eh bien alors, que dites-vous

— Je dis...

— Noir, parce que je dis blanc ; c'est votre habitude. Je crois que ça vous rendrait malade s'il vous arrivait une seule fois d'être de mon avis.

— Il me semble pourtant que c'est toujours par là que je finis, dit le mari en poussant un soupir.

— En ce cas, pourquoi ne pas commencer par la fin ? cela nous épargnerait des discussions fatigantes ; j'espère que celle-ci est épuisée et que nous sommes d'accord. Il est

bien convenu que vous donnerez ces dix mille francs à M. Laboissière. Justement il va venir, et vous n'aurez qu'à lui remettre un mot pour votre notaire.

M. Bailleul fit plusieurs tours dans le salon en portant l'oreille à la manière des chiens qu'on fouette. Un instant après il s'arrêta en face de sa femme et leva sur elle un regard mal assuré.

— Laboissière dîne donc encore ici aujourd'hui ? dit-il à demi-voix.

— Ça vous déplaît ? répondit sèchement madame Bailleul.

— Je ne dis pas cela. Laboissière est un bon vivant, et partout ailleurs je serai toujours charmé de le rencontrer ; mais, entre nous, j'aimerais autant que ses visites dans cette maison fussent moins fréquentes.

— Et pourquoi ça ?

— Ah ! si tu te fâches, je me tais.

— Est-ce que je me fâche jamais ? repartit la maîtresse femme, dont la voix montait d'une note à chaque réplique.

— Je ne dis pas cela.

— Puisque vous avez commencé, il faut achever. Quel grief avez-vous contre M. Laboissière ?

En prononçant ces dernières paroles, madame Bailleul rougit légèrement, ce qui pouvait paraître étrange de la part d'une personne de cet âge et de ce caractère.

Son mari ne remarqua point son embarras, occupé qu'il était de préparer ses paroles de façon à conjurer tout orage.

— Moi, un grief contre ce brave Laboissière, dit-il, pas l'ombre, je t'assure, et la preuve, c'est que, puisque tu l'exiges, je lui confierai encore ces dix mille francs. Personnellement, je n'ai rien à lui reprocher... mais, enfin tu dois deviner ce que je veux dire. C'est à cause d'Adolphine.

— Si ce n'est que cela...

— Ce pauvre Chaudieu trouverait peut-être que c'est beaucoup.

— Ce que vous dites là n'a pas le sens commun. Je vous accorde qu'avant le mariage d'Adolphine, M. Laboissière venait chez nous principalement pour elle, et qu'il eût été ravi de l'épouser.

— A telles enseignes que ce serait fait maintenant si tu avais voulu.

— Il ne convenait pas à ma fille.

— A la bonne heure ; mais ce que je crains, c'est qu'il ne lui convienne maintenant.

— Monsieur Bailleul ! dit la mère d'Adolphine d'un ton sévère.

— Je sais ce que je dis, reprit le vieillard, avec plus de fermeté qu'il n'en montrait d'habitude. On te craint et l'on se cache de toi, aussi ne remarques-tu rien ; mais moi on me regarde comme un bonhomme sans malice qui ne voit pas plus loin que le bout de son nez, et l'on ne prend plus la peine de se gêner dès que tu as le dos tourné.

Un inconcevable changement s'opéra soudain dans la physionomie de madame Bailleul, et l'incrédulité dédaigneuse de son sourire fit place à une contraction violente. Ses joues rougirent, ses yeux flamboyèrent, et les veines de son col se gonflèrent tellement que cette maigre portion de sa personne prit l'aspect d'un manche de contre-basse. En voyant le terrible effet qu'il venait de produire, M. Bailleul recula de deux pas.

— Expliquez-vous, parlez ? Qu'avez-vous vu ? demanda la femme en colère d'une voix saccadée.

— Avant tout, ma chère amie, ne te mets pas dans des états comme ça. Il est bon d'aimer sa fille, mais Adolphine n'est plus une enfant. D'ailleurs....   ·

— Mais, parlez donc ! reprit-elle avec un redoublement de violence.

— Que veux-tu que je te dise ? balbutia M. Bailleul, dont le trouble augmentait à proportion de l'emportement de sa femme ; il m'a semblé voir à plusieurs reprises ; j'ai vu, en effet ou plutôt j'ai cru voir que Laboissière, au lieu de ne plus songer à notre fille, ainsi que tu le prétendais, y songe plus que jamais, au contraire. Ce serait fort désagréable, surtout pour ce pauvre Chaudieu, qui est bien l'honnêteté et la droiture en personne. Pas fort, ce garçon-là, pas fort du tout ; mais ce n'est pas une raison. Enfin, mademoiselle Adolphine, madame Adolphine, veux-je dire, coquette beaucoup trop avec Laboissière ; j'ai déjà été sur le point de le lui dire.

— Ce ne sont pas là vos affaires, et ce soin me regarde, interrompit madame Bailleul d'un air sombre.

— J'aime mieux ça. Tu comprends qu'il me serait désagréable d'aborder un pareil sujet avec Adolphine, tandis que de mère à fille cela marche tout seul.

— Je vous répète que ce ne sont pas là vos affaires, reprit la femme acariâtre d'un ton si formidable que M. Bailleul sembla se rapetisser dans le fauteuil où il était assis.

Il y eut un instant de silence, le mari débonnaire n'osant plus souffler mot de peur d'attirer sur son chef la foudre qu'il voyait étinceler dans les yeux de sa femme, et celle-ci rendue muette de son côté par une indignation que les mères éprouvent rarement pour les moins pardonnables fautes de leurs enfants. A la fin, ne maîtrisant plus son émotion, madame Bailleul s'approcha brusquement d'une fenêtre comme si, près d'étouffer, elle eût cherché de l'air.

En ce moment, le bruit d'une voiture se fit entendre, et presque au même instant la cloche de la porte d'entrée annonça une visite. Cachée par la persienne de la fenêtre, madame Bailleul pouvait tout voir au dehors sans qu'on la vît elle-même. La porte ouverte par une espèce de rustre servant de concierge, elle aperçut un élégant cabriolet qui entra aussitôt dans la cour. Le maître de ce leste et brillant équipage était un jeune homme d'une trentaine d'années, petit, mais bien découplé et portant haut la tête. Son regard était ferme, pour ne pas dire insolent ; un sourire de persiflage se montrait sur ses lèvres, et ses moindres gestes annonçaient une assurance voisine de la présomption. La nuance un peu flamboyante de ses cheveux et de ses moustaches rehaussait encore la hardiesse d'une physionomie avec laquelle semblait aussi s'harmonier un de ces habits de cheval à boutons dorés dont la coupe martiale rappelle les uniformes du temps de l'empire.

En descendant de cabriolet ce personnage délibéré remit les rênes à un domestique, non moins glorieux que lui-même, qui prit aussitôt le chemin des remises avec l'aisance d'un habitué de la maison ; il traversa ensuite un petit tapis vert qui séparait la cour d'entrée du corps de logis, et, avant d'arriver au péristyle, adressa sans s'arrêter un salut souriant à une personne qui n'était pas madame Bailleul. Celle-ci alors entr'ouvrit la persienne qui l'abritait, et à travers le treillis aperçut à une fenêtre du rez-de-chaussée sa fille, qui se retira presque aussitôt, quoique rien ne l'eût avertie de l'espèce d'espionnage dont elle était l'objet. Madame Bailleul, de son côté, fit un mouvement pour quitter la fenêtre et heurta son mari, qui, sans qu'elle

l'eût entendu venir, s'était placé derrière elle et n'avait rien perdu de cette scène.

— Eh bien ! m'étais-je trompé ! dit celui-ci en hochant mystérieusement la tête ; elle l'attend à la fenêtre pour le voir plus tôt. A peine descendu de voiture, les voilà en tête à tête ; car n'aie pas peur qu'ils viennent ici ; elle sait que nous y sommes.

— Oserait-elle le recevoir ? demanda madame Bailleul d'une voix sourde.

— Je ne dis pas cela ; mais le jardin est grand.

— Chaudieu n'y est-il pas ?

— Il est dans le potager, où il s'extermine à mettre en couleur ses treillages. Pauvre garçon ! ça ne rêve que pêches de Montreuil et chasselas de Fontainebleau, et pendant ce temps-là cette évaporée d'Adolphine... Tu peux être tranquille, ils se garderont bien d'aller de son côté. Si nous descendions ?

Au lieu de répondre, madame Bailleul fixa les yeux sur le parquet de l'air le plus sombre.

— N'es-tu pas d'avis que nous descendions au jardin ? reprit au bout d'un instant l'honnête vieillard, inquiet du danger que lui paraissait courir son gendre.

— Vous allez rester ici, répondit impérieusement la mère d'Adolphine, qui sembla s'éveiller d'un songe pénible et prendre un parti décisif ; je vous répète que ceci me regarde et qu'il ne vous convient pas de vous en mêler. Surtout, sous aucun prétexte, ne sortez du salon avant mon retour.

— Mais au moins... donne-moi le journal, se hasarda à dire le mari bien discipliné, en jetant un regard de concupiscence sur le *Constitutionnel* que sa femme froissait convulsivement depuis le commencement de cet entretien.

On sait que dans les ménages où le pouvoir est tombé en quenouille, le droit de décacheter le journal et de le lire avant personne appartient sans conteste à l'épouse. Madame Bailleul exerçait impitoyablement cette prérogative, dont son mari, garde national fervent et électeur plein de patriotisme, souffrait plus que de tout autre abus, mais souffrait avec soumission, selon son habitude. En cette occasion, la politique fit silence dans le cœur de la femme courroucée, qui, sans mot dire et par une condescendance inouïe, jeta sur une table le journal qu'elle n'avait lu qu'à moitié.

— Merci, ma chère amie ! s'écria le vieillard en s'élançant avidement sur la feuille qu'il convoitait depuis longtemps ; et sans songer davantage à la coquetterie de sa fille ou aux infortunes probables de son gendre, il s'enfonça voluptueusement dans la lecture d'un de ces articles indigestes qu'en style de presse on appelle des tartines, mais que les amateurs du genre avalent toujours, bien ou mal beurrés, avec le plus estimable appétit : le père de famille avait fait place au citoyen !

Avant qu'il eût posé ses lunettes sur son nez, madame Bailleul était sortie du salon et descendue au jardin. D'après ce que venait de lui dire son mari et sa propre perspicacité, elle devina qu'elle trouverait ceux qu'elle cherchait à l'extrémité d'une allée tortueuse et ombragée que terminait un berceau de feuillage d'où l'œil pouvait suivre les capricieux détours de la Seine. Ce lieu éloigné de la maison et protégé contre les regards indiscrets par d'épais massifs convenait en effet mieux que tout autre à un entretien confidentiel.

Au lieu de s'y rendre par l'allée ordinaire, madame Bailleul prit un petit sentier qui la conduisit jusqu'au berceau sans que les personnes qui s'y trouvaient eussent pu l'entendre ou la voir. En approchant, elle redoubla de précautions pour ne faire aucun bruit, et se mit à marcher, nous n'osons dire à pas de loup, puisqu'il s'agit d'une femme. Après quelques instants de cette manœuvre sournoise, elle se plaça derrière un frêne énorme qu'entourait un fourré d'arbustes et devant lequel se trouvait un banc rustique, occupé en ce moment même, par madame Adolphine Chaudieu et M. Gustave Laboissière.

Trois pas séparaient à peine madame Bailleul des deux interlocuteurs; quoiqu'ils parlassent à demi-voix, elle pouvait les entendre, et ce fut avec une émotion que n'eût pas suffisamment expliquée la sollicitude maternelle qu'elle prêta l'oreille à leur conversation.

II

Madame Adolphine Chaudieu était une jolie brune de vingt-trois ans et ressemblait à sa mère autant que le comportait la différence de leur âge. A l'arc à peine courbé de ses noirs sourcils, à l'accentuation aquiline de son nez, aux fermes contours de sa bouche, et surtout à l'assurance de son regard, on devinait que cette attrayante personne n'était nullement disposée à laisser tomber en désuétude l'usage qui, dans sa famille, attribuait aux femmes le pouvoir souverain. La conduite de ses parents à son égard et le contraste de leur caractère avaient produit les fruits qu'on en devait attendre. A la faiblesse de son père elle répondait par d'irrespectueux caprices; à la sévérité de sa mère elle opposait une subordination maussade : aimant l'un sans le craindre et craignant l'autre sans l'aimer.

Quant à son mari, depuis cinq mois Adolphine n'avait pas encore trouvé l'occasion d'entamer avec lui un de ces débats décisifs qui, en ménage, répondent à ce qu'on nomme, dans le régime constitutionnel, une question de cabinet. Provisoirement, elle exerçait le pouvoir ainsi que font la plupart des nouvelles mariées dans la période de la lune de miel. Pour rendre cet empire définitif et immuable, elle comptait sur deux choses : sa volonté premièrement, et puis l'inerte bonhomie de Benoît Chaudieu, qui, de tout point, se montrait le digne gendre de son beau-père. De part et d'autre, c'était même complaisance, même abnégation, même docilité. Jeune homme et vieillard semblaient également nés pour être les très-humbles serviteurs de leurs femmes.

En se mariant, madame Chaudieu s'était attendue à une lutte et non à cette soumission spontanée. Déterminée à vaillamment combattre pour la victoire, elle éprouva une surprise mêlée d'embarras lorsqu'elle la vit remportée sans coup férir. Devant la passive obéissance de son mari, à quoi lui servaient ses préparatifs de combat, caprices, bouderies, airs impérieux, cajoleries insinuantes, sourires irrésistibles, larmes dramatiques, crises nerveuses et tant d'autres excellents tours de gibecière qu'elle aurait devinés d'instinct si l'exemple de sa mère ne les lui eût dès longtemps enseignés? Madame Chaudieu fut donc contrainte de remettre en magasin, sauf à y recourir à la première alerte, son ma-

tériel de guerre; mais ce ne fut pas sans un peu de ce dépit que ressent un habile ingénieur lorsqu'au moment de faire jouer ses batteries de siége il entend la chamade sur le rempart ennemi. Peut-être faut-il attribuer en partie au désœuvrement où tomba pendant quelque temps l'imagination d'Adolphine l'attraction dangereuse que ne tarda pas à exercer sur elle l'écueil couvert de fleurs où vont se briser tant de fidélités conjugales.

Toutes les fois qu'une jeune femme trouve la vie monotone et se plaint de la longueur des journées, il se rencontre immanquablement un homme sensible qui s'impose pour tâche de la réconcilier avec l'existence. En cette occasion le réconfortateur fut d'autant plus prompt à entrer en scène qu'il était déjà dans la coulisse. Reçu depuis longtemps chez M. Bailleul sur le pied d'ami, Gustave Laboissière se trouva tout naturellement introduit dans la maison de Chaudieu. Soit qu'ayant eu le désir d'épouser Adolphine, ainsi que l'assurait madame Bailleul, il conservât un tendre penchant pour la jeune femme, soit qu'un motif moins sentimental déterminât sa conduite, il entreprit sans retard ce diabolique labeur que les poëtes nomment amour et les moralistes adultère. Le personnage avait toutes les qualités requises pour accomplir cette œuvre de ténèbres. Agréable sans être beau, suppléant au mérite par le jargon, adroit jusqu'à la déloyauté, hardi jusqu'à l'effronterie, carrément posé dans le monde par plusieurs duels heureux dont il ne demandait qu'à augmenter le chiffre ; en un mot spadassin d'esprit comme de cœur, il était assuré de réussir près de beaucoup de femmes qui, à l'exemple de madame de Sévigné, aiment assez les grands coups d'épée. Adolphine n'était pas exempte de cette faiblesse. Lorsqu'on parlait en sa présence des affaires dont M. Laboissière s'était victorieusement tiré avec l'insolente bravoure d'un duelliste, elle sentait un petit frisson qui ne lui déplaisait pas; et quand elle le voyait ensuite empressé, tendre et soumis, c'était avec un secret orgueil qu'elle jouissait de cette transformation. Involontairement elle prêtait une oreille complaisante aux bêlements amoureux de ce loup, pour elle seule changé en agneau.

Il n'est pas de femme qui n'eût aimé à faire filer Hercule, et les hommes entreprenants se soumettent volontiers à cette frivole exigence d'une vanité qui les sert. Laboissière filait donc aux pieds de la moderne Omphale, à peu près discrètement il est vrai, et avec une partie des précautions commandées par la prudence. Il se cachait beaucoup de madame Bailleul pour un motif qui sera expliqué plus tard ; un peu du mari, et encore croyait-il lui faire trop d'honneur : quant à M. Bailleul, il avait ses raisons pour le croire aveugle; aussi ne s'en défiait-il guère plus que de la table au thé ou du piano du salon. Probablement le séducteur avait peu médité sur l'Évangile; il ne se rappelait point que tel qui ne voit pas une poutre dans son œil aperçoit le moindre fétu dans la prunelle du voisin.

Des divers prolégomènes que nous venons d'exposer succinctement, il résulte qu'au moment où commence ce récit il existait entre M. Gustave Laboissière et madame Adolphine Chaudieu une intrigue encore au berceau, mais née viable, à laquelle l'un d'eux au moins souhaitait longue et prospère existence. Laboissière, et c'était son métier, n'épargnait rien pour nourrir cet enfant, le développer, le fortifier et lui faire prendre la robe virile. Nous ne devons pas nous dissimuler qu'à l'instant où madame Bailleul se glissait à portée de l'entendre, il pouvait sans trop de fatuité se livrer à l'espoir du succès.

— Je vous en supplie, accordez-moi l'entretien que je ous demande, disait-il avec l'accent pathétique particulier aux solliciteurs.

— Vous n'y songez pas, répondait Adolphine en effeuillant une rose d'un air distrait ; quelle idée auriez-vous de moi si je consentais à une pareille extravagance ?

— Aimez-vous mieux que je me passe de votre consentement ?

— Vous n'oseriez pas, dit la jeune femme en hochant la tête par manière de défi.

— Sur mon âme, j'oserai, reprit Laboissière du ton le plus résolu ; à minuit sonnant je serai sous votre fenêtre.

— Vous escaladerez donc le mur ?

— Ce serait une bagatelle. Mais à quoi bon une escalade quand on peut entrer par la porte ?

— Quelle porte ?

— Celle du potager.

— Et qui vous l'ouvrira ? dit Adolphine avec un sourire moqueur.

— Ceci, répondit froidement Laboissière en tirant une clef de sa poche.

— La clef qui a disparu depuis quelque temps et que nous croyions perdue !

— Vous voyez qu'elle ne l'est pas pour tout le monde.

— C'est donc vous qui l'avez prise ?

— Moi-même.

— Mais c'est un trait de voleur.

— Non, c'est une ruse d'amoureux.

— Et vous comptez vous en servir ?

— Pas plus tard qu'aujourd'hui.

Madame Chaudieu haussa les épaules.

— Cela est si absurde, dit-elle, que je ne daigne pas me fâcher.

— Je crains beaucoup votre colère, mais elle ne changerait rien à ma détermination.

— Eh bien, entêté, fou et voleur que vous êtes, supposons que vous ayez réellement l'audace de vous introduire dans le jardin : savez-vous qui vous y trouverez ?

— Turc, dit Laboissière.

— Oui, Turc, et vous pouvez vous estimer heureux s'il ne fait qu'aboyer. L'autre soir il a failli dévorer un ouvrier.

— Vous oubliez que c'est moi qui l'ai donné. Turc est un chien discret et intelligent, incapable de faire de la peine à son ancien maître. Il ne soufflera pas.

— Est-ce dans cette intention que vous nous en avez fait cadeau ? demanda la jeune femme en réprimant un sourire.

— Dans quelle autre ? répondit Laboissière d'un ton léger ; quand je vous dis que je prévois tout, et que, pour la prudence, j'ai soixante ans !

Le silence dura un instant. En proie à l'émotion la plus poignante, madame Bailleul eut pourtant la force de se contenir. La respiration suspendue et l'œil étincelant de fureur, elle se pencha, pour mieux entendre, contre l'arbre qui favorisait sa curiosité.

— Vous voilà donc dans le jardin, reprit Adolphine en effeuillant de plus belle la fleur qu'elle tenait à la main ; au lieu de vous mettre en pièce comme ce serait son devoir, ce traître de Turc passe à l'ennemi. Après !

— Je m'avance à pas discrets, comme un sylphe, comme une ombre ; au bout d'une minute je suis devant votre fenêtre, et votre chambre est au rez-de-chaussée.

— Après ? répéta madame Chaudieu avec un redoublement de persiflage.

Laboissière lui prit doucement les mains en dépit d'une légère résistance.

— Après ? dit-il alors d'une voix pressante et en s'inclinant peu à peu comme s'il eût voulu se mettre à genoux. Écoutez, et dites ensuite si je suis trop présomptueux. Autrefois, en Espagne les belles senoras échappaient souvent à la surveillance des duègnes ; et le soir, bien tard, quand tout dort excepté l'amour, derrière quelque fenêtre basse et grillée elles ne refusaient pas de se laisser entrevoir par leurs esclaves : serez-vous plus cruelle ?

— Ma fenêtre est basse, en effet, mais elle n'est pas grillée, repartit malicieusement Adolphine.

— N'y a-t-il pas une persienne ?

— Cela ne vaut pas des barreaux.

— Qu'avez-vous à craindre ?

— Ce que j'ai à craindre d'un voleur ! la question est plaisante. Allons, rendez-moi cette clef.

— Jamais ; et puisque vous me traitez de voleur, sachez que, pour le bonheur de vous voir un instant, j'en puis employer l'industrie. Une persienne et une fenêtre ne sont pas aussi difficiles à ouvrir du dehors que vous le croyez peut-être.

— De mieux en mieux ! je vois que vous avez juré de m'empêcher de dormir, et je suis sûre de rêver escalade, effraction, assassinat ; au moindre bruit je me figurerai qu'une bande de brigands se précipite dans ma chambre.

— Ce bruit, à minuit vous l'entendrez.

— Et si d'autres que moi l'entendent ? dit Adolphine d'un ton sérieux en regardant fixement Laboissière.

— Ce sera un malheur qu'il dépend de vous d'éviter.

— Comment ? Ne me menacez-vous pas de briser la fenêtre ?

— On ne brise pas une fenêtre entr'ouverte, répondit le jeune homme à demi-voix.

Madame Chaudieu dégagea ses mains, et se leva brusquement.

— A quoi bon vouloir vous faire entendre raison, dit elle ; il est évident que vous avez perdu la tête.

Le regard dont furent accompagnées ces paroles contrastait si singulièrement avec leur dureté, qu'en se levant à son tour Laboissière fut pris de cette envie de chanter qu'éprouvent et satisfont les coqs victorieux. Il se contint toutefois, sachant bien que les femmes ne supportent pas qu'on prenne gaiement ce qu'elles traitent au sérieux.

— Il faut rentrer, dit alors Adolphine ; on doit savoir que vous êtes arrivé, et peut-être remarquerait-on notre absence.

— Qui donc ? J'ai aperçu votre mari grimpé sur une échelle devant sa treille, et c'est une occupation trop intéressante pour qu'il songe à autre chose ; quant à votre père, n'est-ce pas l'heure où il a la permission de lire son journal ?

— C'est ma mère que je crains.

— Bah ! fit Laboissière avec un rire caustique, je parie qu'en ce moment elle met son rouge ; il y en a pour jusqu'à dîner.

En se voyant traitée avec tant d'irrévérence, madame Bailleul, dont la colère avait atteint son paroxisme, frissonna, comme une tigresse blessée, dans le feuillage où elle se tenait tapie. Elle fit un mouvement pour s'élancer sur l'homme qui venait de la tourner en ridicule et qui avait envers elle d'autres torts que cette impertinence. La passion la poussait, la réflexion la retint.

— Je me vengerai, se dit-elle, mais le moment n'est pas venu.

Tandis que madame Chaudieu et Laboissière s'éloignaient lentement et en s'arrêtant à chaque pas, comme font les jeunes gens qui ne sont pas las d'être ensemble, madame Bailleul, la tête presque égarée, prit au hasard un sentier qui, après quelques détours, la conduisit près de la maison. Devant la porte elle aperçut son mari, vers qui elle se précipita soudain au pas de course, comme marchent les zouaves contre les réguliers d'Abd-el-Kader.

— Que venez-vous faire ici ? lui dit-elle d'une voix qui semblait mordre : ne vous avais-je pas prié de rester au salon ?

— Ah ! mon Dieu, ma bonne amie, qu'as-tu donc ? demanda le bonhomme effrayé ; te voilà toute cramoisie : on dirait d'un coup de sang.

— Ne voyez-vous pas que c'est mon rouge ? reprit madame Bailleul avec un éclat de rire sauvage.

— Ton rouge ?

— Oui, je mets du rouge ! des cheveux aussi, sans doute !... Que sait-on ! peut-être un faux râtelier ! continua-t-elle en grinçant les dents de manière à les pulvériser si elles fussent sorties des ateliers de Désirabole.

M. Bailleul crut sa femme atteinte de la fièvre chaude, accident que rendait assez vraisemblable l'emportement dont elle donnait des preuves journalières. Fort ému de cette idée, il regardait autour de lui avec une inquiétude croissante, lorsqu'un secours inattendu vint lui rendre quelque assurance. C'était Adolphine et Laboissière, qui, après avoir pris ce qu'on appelle le chemin des écoliers, s'étaient enfin décidés à regagner le logis. Ils approchèrent, sans rien comprendre à la pantomime du brave homme, qui de loin leur adressait des signaux, comme un navire en détresse, et bientôt ils se trouvèrent près des deux époux. A leur aspect, madame Bailleul, par un sublime effort, refoula jusqu'au fond de son cœur l'ouragan près d'en sortir. Elle mit sur le compte d'une migraine son teint enflammé, et attribua l'altération de ses traits à une mauvaise nuit. Les aboiements de Turc l'avait empêchée de dormir : si elle était maussade, c'est qu'elle souffrait ; et la faute en devait être imputée à ce maudit Turc. Elle dit cela d'un ton naturel et poussa l'héroïsme jusqu'à sourire en adressant la parole à l'homme qui l'avait mortellement outragée.

— Pauvre amie ! se dit son mari dans la bonté de son âme, elle a mal dormi, et c'est pour cela qu'elle a l'humeur un peu irritable depuis le matin.

Laboissière, de son côté, remplit son rôle avec une aisance parfaite et se conduisit en homme décidé à plaire à tout le monde. A M. Bailleul, qui avait des fonds placés sur l'État, il parla de la bourse et du cours des rentes. Il raconta la pièce nouvelle du Théâtre-Français à madame Bailleul, qui ordinairement affectait pour les conversations littéraires le goût dont se targuent volontiers les femmes d'une instruction douteuse. Enfin, dans son désir de se concilier la faveur générale, il alla jusqu'à s'enquérir du maître du logis, à qui personne ne pensait ; car il est deux espèces d'êtres dont on ne s'occupe guère, les absents et les maris : à ce double titre, Benoît Chaudieu jusqu'alors avait été l'objet du plus profond oubli.

— Où donc est le seigneur châtelain ? demanda tout à coup Laboissière ; j'ai une lettre pour lui.

— Une lettre ! dit Adolphine, de qui donc ?

— Je ne sais pas. C'est votre portier qui me l'a remise.

— Notre portier ?

— Oui, madame, en venant ici j'ai passé devant votre logis, et j'ai demandé si l'on avait quelque chose à vous faire parvenir. Vous voyez que la précaution n'était pas inutile.

— C'est bien ça, pensa M. Bailleul avec mécontentement ; on fait l'obligeant, on rend de petits services : si ce pauvre Chaudieu n'ouvre pas les yeux, il faudra nécessairement que je m'en mêle.

— Ton mari doit être au potager, dit à sa fille madame Bailleul ; depuis deux jours il n'a que ses treillages en tête. Nous pourrions aller de ce côté.

— Je suis à vos ordres, mesdames, fit Laboissière, qui concilia l'amour et l'étiquette en offrant le bras à la mère tandis qu'il lançait une œillade à la fille.

Ils se dirigèrent tous quatre vers le potager, qui occupait la partie de l'enclos la plus éloignée de la maison et que masquaient habilement plusieurs massifs d'arbustes. Le premier objet qu'ils aperçurent en y arrivant fut Benoît Chaudieu perché au sommet d'une échelle double, tout contre le mur de clôture et à quelques pas de la petite porte dont Laboissière avait dérobé la clef. Ce mur, exposé au midi, était revêtu d'un treillage dont les carrés inférieurs commençaient à être escaladés par les pampres d'une vigne nouvellement plantée. C'est la mise en couleur de ce treillage qui depuis deux jours occupait le maître du logis, à l'exclusion apparente de tout autre soin. Pour remplir avec plus d'aisance son métier de peintre amateur, Chaudieu avait posé sur un prunier fourchu sa redingote, son gilet et sa cravate. Ainsi débarrassé de la partie la plus gênante de ses vêtements, le front protégé contre le soleil par un chapeau de paille à larges bords et les manches de sa chemise retroussées jusqu'au coude, un pinceau d'une main et de l'autre un seau de fer-blanc rempli de couleur, il s'escrimait si vigoureusement que sous ses doigts le bois verdissait à vue d'œil. Ses facultés semblaient tellement absorbées par ce travail mécanique, si propre pourtant à reposer l'intelligence, que le quatuor qui venait lui rendre visite était arrivé jusqu'au pied de l'échelle avant qu'il eût fait mine de l'apercevoir.

III

Si d'irrécusables exemples prouvent que les soins du jardinage et en général les travaux champêtres n'ont rien d'incompatible avec le repos plein de dignité qui convient à la vieillesse des hommes illustres, en revanche il est difficile d'imaginer sans dérision un membre actif de la société, un citoyen valide, un jeune Parisien surtout, bucoliquement occupé à émonder ses pommiers ou à arroser ses laitues. L'inquiétude d'esprit, la sève fiévreuse, l'ambition sans frein qui tourmentent la génération actuelle l'ont tellement éloignée des mœurs pastorales, que toute réminiscence de l'âge d'or paraît ridicule. Passé ce premier sentiment de moquerie, on ne pouvait guère refuser le mérite de la singularité à Benoît Chaudieu grimpé sur son échelle et barbouillant ingénument son treillage comme s'il n'eût existé en France ni journaux, ni chemins de fer, ni bateaux à vapeur, ni sociétés en commandite, ni gouvernement constitutionnel.

L'extérieur du mari d'Adolphine répondait assez bien à la naïveté rustique de son travail. C'était un jeune homme de vingt-huit ans environ, grand et taillé en force ; mais là s'arrêtaient ses avantages physiques. Ce qu'on pouvait dire de mieux de sa figure, c'est qu'elle annonçait une conscience tranquille et une santé parfaite ; du reste, ni régularité ni distinction dans les traits. Des cheveux châtains et plats, peu de barbe, des yeux gris manquant de vivacité, un large visage hâlé par le soleil, composaient un ensemble tout à fait dépourvu de ce caractère dédaigneusement pensif et sentimentalement féroce qu'aujourd'hui les jeunes gens paraissent regarder comme le type de la beauté masculine et qu'il est assez facile d'acquérir, pourvu que le ciel vous ait créé convenablement pâle et barbu. L'expression permanente et l'on pourrait dire immuable de la physionomie de Chaudieu était cette tranquillité voisine de l'assoupissement qui peut également indiquer l'absence des idées ou leur concentration. Ajoutons que si Gall eût palpé cette tête insignifiante que la nature semblait avoir destinée aux épaules d'un maçon ou d'un épicier, il y aurait trouvé, selon toute probabilité, la protubérance de l'entêtement aussi magnifiquement développée que puisse l'offrir crâne breton. Benoît Chaudieu était de Nantes.

En arrivant près du travailleur, les quatre autres personnages parurent éprouver simultanément un sentiment d'ironie qu'ils ne se communiquèrent point, mais qu'exprimèrent d'une manière diverse leurs physionomies. Laboissière sourit d'un air narquois ; M. Bailleul haussa les épaules avec mauvaise humeur ; Adolphine poussa un de ces soupirs-bâillements que provoque chez certaines femmes aimables la présence de leur mari ; enfin, après avoir examiné un instant son gendre comme si elle eût espéré le faire dégringoler de l'échelle par l'effet seul de son regard, madame Bailleul lui cria d'une voix aigre :

— C'est une plaisanterie sans doute ! il est impossible que vous ne nous ayez pas vus.

Chaudieu tourna la tête et abaissant les yeux sur le groupe arrêté au-dessous de lui :

— Serviteur, dit-il, puis il se remit à l'ouvrage.

— Vous ne voyez donc pas M. Laboissière ? reprit madame Bailleul d'un ton équivalent à l'ordre de descendre.

— Pardonnez-moi, mais je ne fais pas de façons avec lui, et il me permettra de finir ma tâche.

— Certainement, dit Laboissière en ricanant, on ne doit jamais déranger les artistes. Si je ne me trompe, c'est de la peinture à fresque.

— Descendez donc, Chaudieu, dit à son tour M. Bailleul ; voici une lettre pour vous.

— Une lettre ? répéta Chaudieu en tournant de nouveau la tête.

— De Marseille, répondit Laboissière qui en même temps tira la lettre de sa poche.

— Ah ! ah ! de Marseille, s'écria le mari d'Adolphine d'un ton singulier ; et c'est vous qui me l'apportez ?

Sans en dire davantage, il mit son pinceau dans le seau à couleur, qu'il laissa suspendu à un des échelons, et descendit ensuite avec la tranquillité qui caractérisait tous ses mouvements ; arrivé à terre, il prit la lettre que lui présentait Laboissière, en regarda l'adresse attentivement, et la mit dans sa poche sans l'ouvrir.

— Vous n'êtes pas plus curieux que cela ? lui dit son beau-père.

— Je sais ce que c'est, répondit-il laconiquement en prenant ses vêtements sur l'arbre où il les avait posés.

— Maintenant, reprit-il d'un air de bonhomie quand il eut remis sa redingote, j'espère que vous allez venir voir mes asperges.

— Ne voilà-t-il pas une belle merveille que vos asperges ! répondit dédaigneusement madame Bailleul en lui tournant le dos.

Adolphine imita ponctuellement sa mère et autant en fit M. Bailleul de peur d'être grondé s'il encourageait par la moindre condescendance la passion potagère de son gendre. Laboissière seul, soumis aux obligations de son métier de séducteur, consentit à aller voir les asperges, et, pour ne pas faire à demi les choses, il les trouva fort belles. Cette récréation prise, l'amant et le mari regagnèrent la maison, où le dîner ne tarda pas à être servi. Malgré le peu d'empressement qu'il avait montré pour connaître le contenu de la lettre qui venait de lui être remise, Chaudieu la lut à l'écart avant de se mettre à table. A la vue d'un papier qui s'y trouvait inclus, sa figure, d'ordinaire impassible, exprima une vive satisfaction ; mais lorsqu'il rejoignit les autres convives, toute trace de cette émotion avait disparu.

Après dîner, madame Bailleul, qui surprenait à chaque instant quelque nouveau signe d'intelligence entre sa fille et Laboissière, craignit de ne pouvoir rester maîtresse d'elle-même plus longtemps. Intérieurement exaspérée par ses efforts pour se contraindre, elle s'éloigna de peur d'éclater, et se retira dans sa chambre en prétextant un redoublement de migraine. Le plus ou plutôt le seul contrarié de ce départ fut Laboissière, qui, ne soupçonnant pas le ressentiment furieux que lui avait voué depuis quelques heures madame Bailleul, comptait sur elle pour la conclusion de son emprunt de dix mille francs. Il attendit quelque temps, espérant qu'elle reparaîtrait avant qu'il partît lui-même. A la fin il comprit qu'il fallait renoncer à cette médiation ; et comme il avait un intérêt puissant à terminer l'affaire au plus tôt, il prit le parti de s'adresser directement à M. Bailleul.

— A propos, lui dit-il d'un air dégagé après l'avoir conduit à l'écart, madame Bailleul vous a-t-elle dit que je tirais sur vous sans façon une nouvelle lettre de change de dix mille francs ?

— Elle m'en a parlé ce matin, répondit le vieillard, dont le front se rembrunit.

— Puis-je compter sur les fonds pour après-demain ?

A cette question, formulée avec autant d'aisance que s'il eut été question du prêt d'une pièce de cent sous, M. Bailleul demeura un instant le nez baissé et la bouche close.

— Écoutez, mon cher Laboissière, dit-il enfin avec un embarras visible ; je ne demande pas mieux qu'à vous rendre service, mais le cas est délicat, fort délicat. Il n'y a pas moyen de discuter avec madame Bailleul : ce n'est pas que je lui adresse un reproche, c'est une femme du plus grand mérite ; mais elle a un sang terrible : à la moindre contradiction, son système nerveux s'irrite ; et moi, de peur de compromettre sa santé, je cède. Je suis sûr que sa migraine actuelle résulte de la petite conversation que nous avons eue ce matin au sujet de ces dix mille francs.

— Pensez-vous que cet argent coure des risques entre mes mains? demanda Laboissière avec le superbe sourire qu'eût pu se permettre en pareil cas un des rois de la finance.

— Je ne dis pas cela : s'il était à moi, vous l'auriez déjà; mais il est à ma fille, et j'en dois compte à mon gendre.

— Je suis sûr que M. Chaudieu n'aurait aucune objection à faire contre un placement qui, au mérite de produire un intérêt double du taux ordinaire, réunit tant d'autres avantages. Songez que mes bateaux trans-atlantiques...

— Eh bien! faisons une chose, interrompait M. Bailleul avec l'empressement d'un homme qui entrevoit enfin le moyen de sortir d'une position épineuse; rapportons-nous-en à la décision de Chaudieu : s'il consent, c'est chose convenue; s'il dit non, rien de fait. Mais, dans ce dernier cas, promettez-moi de prendre sur vous la non-conclusion de cette affaire et de parler en ce sens à madame Bailleul. Ce n'est pas que je la craigne; mais ce sang bouillant la rend si malheureuse que je désire éviter tout ce qui pourrait la contrarier.

Laboissière comprit qu'il n'obtiendrait pas une meilleure composition du bonhomme, à qui l'absence de sa femme rendait une espèce de libre arbitre; et, comme tous les grands politiques, il accepta franchement la nécessité.

Un instant après, M. Bailleul accostait avec un enjouement fort mal exécuté son gendre, qui depuis quelque temps était retourné au potager, où il se promenait d'un air pensif.

— Eh bien, mon garçon, dit le vieillard en l'arrêtant tout à coup au passage, quand finirons-nous cette treille?

— Demain, j'espère, répondit Chaudieu, qui pensait à autre chose.

— Savez-vous que vous maniez le pinceau en maître! je suis sûr que, si vous aviez voulu, vous auriez fait des tableaux.

— C'est possible.

— Voilà de la vigne qui produira des chasselas dont je ne donne pas ma part au chat, poursuivit M. Bailleul en affectant de se pourlécher d'avance.

— En parlant de chats, il faudra que j'installe des souricières le long de cette treille.

— Et vos asperges monstres, quand nous en ferez-vous manger?

L'accent et la pantomime du beau-père étaient si accorts, si affectueux, si flatteurs, que le gendre, peu accoutumé à pareille prévenance, s'arrêta net, et le regarda en face.

— Vous n'êtes pas venu me trouver, lui dit-il, pour me parler raisins et asperges. Qu'avez-vous à me dire?

Interpellé d'une manière si précise, M. Bailleul renonça au préambule insinuant par lequel il avait espéré de se concilier l'approbation de son gendre.

— Mon cher Chaudieu, vous avez raison, dit-il en s'efforçant de vaincre la timidité qui semblait près de lui paralyser la langue, laissons là vos asperges et vos raisins : nous leur dirons deux mots plus tard, mais en ce moment parlons d'affaires. Savez-vous que je vous dois quarante mille francs, et qu'aux termes de votre contrat de mariage j'aurais dû vous les payer il y a deux mois!

— Je sais cela, répondit Chaudieu de l'air endormi qui lui était habituel.

— Eh bien, mon cher ami, voici ce qui est arrivé, pour-

suivit le père d'Adolphine, qui s'arma de toute sa fermeté; vous savez peut-être que notre ami Laboissière est à la tête d'une magnifique entreprise de bateaux inexplosibles, destinés à créer un service régulier entre la France et l'Amérique?

— Je sais cela.

— Cette entreprise offrant un placement de fonds excessivement avantageux, il a pris fantaisie à votre belle-mère de profiter d'une occasion unique dans les fastes de l'industrie; et, continua le vieillard d'une voix étranglée, comme nous n'avons de comptant que les fonds destinés à la dot d'Adolphine, ma femme a cru, et moi aussi, que vous ne trouveriez pas mauvais que nous prissions sur cet argent la somme nécessaire à ce placement. Nous avons donc acquis pour dix mille francs d'actions dans l'entreprise des inexplosibles-trans-atlantiques.

— Je sais cela, répéta pour la troisième fois Benoît Chaudieu avec le calme le plus imperturbable.

— Ah çà, vous savez donc tout? dit M. Bailleul, qui commençait à respirer plus librement.

— Tout, c'est trop dire.

— Mais qui a pu vous apprendre que j'ai placé dix mille francs dans l'entreprise de Laboissière?

— Laboissière lui-même, qui, pour me démontrer l'excellence de sa spéculation, n'a pas cru pouvoir me citer une coopération plus honorable et plus influente à mon égard que la vôtre.

— Il vous a donc aussi demandé de l'argent?

— Si je vous comprends bien, vous ne seriez pas fâché de retirer le vôtre? dit Chaudieu en évitant une réponse directe.

— C'est-à-dire, repartit M. Bailleul avec une recrudescence d'embarras, voici ce dont il s'agit : votre belle-mère s'est tellement engouée de ces bateaux qu'elle voudrait que nous prissions de nouveau pour dix mille francs d'actions; et comme nous serions obligés d'affecter encore à ce placement une partie de la somme que je vous dois, elle a pensé que vous consentiriez à en recevoir provisoirement l'intérêt au lieu du capital.

Le vieillard aspira une prise de tabac afin de se donner une contenance, tandis qu'il attendait avec anxiété la réponse de son gendre. Celui-ci réfléchit un instant de l'air d'un homme qui pèse attentivement le pour et le contre d'une proposition.

— Je n'ai aucune objection à faire contre cet arrangement, dit-il enfin avec son flegme accoutumé.

— Ainsi vous m'autorisez à terminer avec Laboissière.

— Mieux que cela. J'ai moi-même une cinquantaine de mille francs disponibles, qui, chez mon notaire, ne me rapportent que le cinq; je veux profiter de l'occasion pour en tirer un meilleur intérêt, et je vais proposer à Laboissière de les prendre en même temps que vos fonds.

À cette ouverture imprévue, M. Bailleul, dont le front s'était tout à fait éclairci, parut surpris désagréablement et redevint soucieux.

— Diable, dit-il, vous allez rondement en affaires. La résolution, cependant mériterait qu'on y réfléchît; cinquante mille francs! c'est une somme, et vous savez qu'il n'est pas prudent de mettre tous ses œufs dans le même panier.

— D'abord ces cinquante mille francs ne sont pas tous mes œufs, et puis, d'après ce que vous venez de me dire, le panier est solide.

— Sans doute... la spéculation se présente sous des apparences magnifiques ; mais...

— Mais ?

— Dans votre position, il me semble qu'un bon placement sur première hypothèque, quoique rapportant un moindre intérêt...

— Permettez, mon cher beau-père : ou vous croyez l'affaire bonne, et alors pourquoi m'en détourner; ou vous la croyez mauvaise, et en ce cas pourquoi vous y engager vous-même ?

M. Bailleul n'essaya pas de répondre. Au fond, le vieillard, prudent jusqu'à la timidité, avait fort peu de goût pour les aventures industrielles. En fait de fortune, il n'estimait complétement que la propriété territoriale, et encore faisait-il une grande différence entre le sol et les bâtiments. Une maison peut brûler, disait-il, un champ ne brûle pas. La modique inscription qu'il possédait sur le grand-livre lui occasionnait à chaque baisse des anxiétés dont il avait plus d'une fois résolu de s'affranchir en convertissant ses rentes en immeubles; à plus forte raison ses actions de la compagnie Laboissière troublaient-elles son repos, et, sans la despotique impulsion de sa femme, il ne se fût jamais décidé à les acquérir. Participant à contre-cœur et par obéissance maritale à une entreprise dont les résultats lui semblaient incertains, quoiqu'en qualité d'actionnaire il les proclamât infaillibles, M. Bailleul vit à regret son gendre prêt à s'embarquer à sa suite sur les inexplosibles transatlantiques ; mais il fut réduit au silence par l'argument sans réplique de ce dernier. Supposer une différence entre leur position ç'eût été reconnaître la dépendance de la sienne; or, le vieillard, assez faible pour porter un collier de servage, n'était pas assez humble pour montrer volontairement son cou pelé.

— Voilà un pauvre garçon qui va faire une sottise, se dit-il ; et cela grâce au fol engouement de madame Bailleul pour cette maudite spéculation, car il est évident qu'il n'y eût pas songé sans cela. Je voudrais que celui qui a inventé la vapeur fût aux cinq cents diables.

Tandis que Chaudieu et son beau-père conversaient ainsi en se promenant dans le potager, Laboissière, à qui la retraite de madame Bailleul laissait le champ libre, n'essaya pas de se rapprocher d'Adolphine, qui depuis quelque temps était montée au salon. En ce moment les préoccupations de l'homme d'affaires étouffaient en lui les sentiments de l'amoureux, et ce fut avec l'émotion d'un joueur engagé dans une partie sérieuse, qu'après avoir attendu pendant une demi-heure le retour de ses hôtes il les aperçut se dirigeant vers lui à travers le jardin. Pour les accueillir, il composa sa physionomie et redoubla d'aplomb.

— Il paraît que la discussion a été vive, dit-il avec un rire d'insouciance. M. Bailleul a l'air d'un orateur rappelé à l'ordre. Eh bien ! boule noire ou boule blanche ?

— Boule blanche, répondit le vieillard en se prêtant à cette plaisanterie.

— Ainsi M. Chaudieu accède à notre petit arrangement.

— A une condition, dit froidement le mari d'Adolphine.

— Voyons cette condition, reprit le spéculateur, dont la satisfaction se trouva suspendue.

— C'est qu'indépendamment des actions prises par mon beau-père, vous m'en remettrez à moi personnellement pour une cinquantaine de mille francs.

En voyant tomber inopinément dans sa toile cette nouvelle mouche dodue et succulente, l'araignée industrielle éprouva un frisson de plaisir qu'elle eut peine à dissimuler; elle y parvint toutefois, et, comble de l'art ! au lieu de laisser parler son appétit, elle réussit à manifester une sorte de satiété dédaigneuse.

— Cinquante mille francs, dites-vous! Je ne sais pas si cela sera facile, et je suis fâché que vous ne m'en ayez pas parlé plus tôt.

— Comment, est-ce que toutes les actions sont placées ? demanda M. Bailleul; cependant vous avez été le premier à m'en offrir.

— Ceci est un cas particulier, répondit Laboissière sans se déferrer; d'ailleurs, il y a toujours moyen de s'entendre. Il reste, en effet, fort peu d'actions; mais quand je devrais entamer celles qui sont affectées à ma gérance, il n'est rien que je ne fasse pour être agréable à M. Chaudieu. Vous avez dit soixante mille francs ?

— Cinquante mille.

— Soixante, en y ajoutant les dix mille de M. Bailleul. Eh bien, voyons ! prenons un rendez-vous pour arranger cela. Demain vous convient-il ?

— J'allais vous le proposer, répartit Chaudieu; demain je dois aller à Paris, à une heure serez-vous libre ?

— Parfaitement.

— En ce cas, à une heure je serai chez vous, argent en poche. Mes fonds sont prêts chez mon notaire, et je n'aurai qu'à les y prendre.

— C'est convenu, dit l'homme aux bateaux inexplosibles en contenant une joie féroce. A une heure.

Peu de temps après, Laboissière, au moment de remonter dans son cabriolet, s'inclinait devant madame Chaudieu et lui jetait tout bas cet autre mot qui dans les drames et les romans joue un beaucoup plus grand rôle que dans la vie réelle :

— A minuit !

IV

Après le départ de Laboissière, aucun incident ne rompit la monotonie habituelle de la soirée. Madame Bailleul ne reparut pas, et vers dix heures chacun se retira. Peu à peu le silence s'établit dans la maison, où l'on pouvait croire tout le monde endormi, lorsque onze heures sonnèrent. Mais, en ce moment, la porte d'une chambre s'ouvrit silencieusement au premier étage, et une femme en sortit un flambeau à la main, bourgeoise contrefaçon de lady Macbeth, à cela près qu'elle était parfaitement éveillée. Cette apparition, quoique assez matérielle, descendit au rez-de-chaussée sans faire plus de bruit qu'une ombre ; là, elle traversa la salle à manger, puis un petit corridor, et se trouva devant une porte dont elle tourna le bouton si prestement que la rapidité de ce tour de main rendit la serrure muette.

A cette brusque invasion, Adolphine, qui de son côté n'avait garde de dormir, retint à peine un cri d'effroi ; car, menacée d'un siége et prêtе sans doute à le soutenir héroïquement, elle ne s'attendait pas à se voir attaquée de l'intérieur de la maison. En reconnaissant sa mère, dont la figure fortement éclairée par le bougeoir offrait une expression sombre et sévère, elle passa de cette frayeur puérile à une inquiétude plus sérieuse quoique encore indéterminée.

— C'est vous, maman, dit-elle en se levant précipitamment, qu'est-il donc arrivé ? est-ce que vous êtes malade ?

Le premier regard de madame Bailleul s'était porté vers la fenêtre, mais les rideaux fermés ne lui permirent pas d'en constater l'état.

— Avez-vous besoin de quelque chose ? reprit la jeune femme troublée de cette silencieuse pantomime ; voulez-vous que j'aille appeler Madelaine ?

— Il est inutile d'éveiller personne, répondit gravement madame Bailleul ; ce que je viens te dire ne doit être entendu que de toi seule. Viens.

— Où ? demanda madame Chaudieu de plus en plus inquiète.

— Dans ma chambre ; nous serons mieux qu'ici.

Adolphine s'empressa d'obéir ; car la présence d'un tiers dans son appartement, à une heure si rapprochée de l'instant fixé par Laboissière, pouvait amener une catastrophe. Ce péril évité, la scène plus ou moins désagréable dont elle se sentait menacée lui parut de peu d'importance. Décidée à la subir avec une soumission exemplaire, puisque l'approche de minuit commandait d'abréger, elle marcha résolument sur les pas de sa mère.

En rentrant dans son appartement, madame Bailleul referma la porte et se plaça ensuite en face d'Adolphine qu'elle considéra un instant fixement de l'air d'un juge qui va procéder à l'interrogatoire d'un criminel.

— En vérité, maman, dit madame Chaudieu avec un sourire contraint, si vous continuez de me regarder ainsi, je vais croire que je suis redevenue petite fille et que vous allez m'envoyer en pénitence dans le cabinet noir.

— Adolphine, répondit solennellement madame Bailleul, plût à Dieu que vos fautes fussent de celles auxquelles suffit le châtiment qu'on inflige à l'enfance ; mon cœur en ce moment ne serait pas navré de douleur, car en vous punissant je pourrais vous estimer encore !

— Ma mère !... s'écria la jeune femme poussée à son tour au langage pathétique par l'emphatique sévérité des paroles qu'elle venait d'entendre.

— Oui, je suis votre mère, et c'est là mon tourment ! Votre bonne mère, entendez-vous, en dépit des chagrins dont vous m'abreuvez ! votre pauvre mère, qui, au lieu de voir en vous, comme elle l'avait espéré, son orgueil et sa joie, n'y trouve plus qu'un sujet de tristesse et de honte ! Oh ! oui, je suis votre mère, votre malheureuse mère !

Quoique cette apostrophe comportât une explosion de sensibilité, elle fut prononcée d'un ton beaucoup plus irrité qu'attendri. A la fin, cependant, madame Bailleul crut devoir porter son mouchoir à ses yeux ; mais elle eût pu se dispenser de ce geste dramatique, ses paupières étant parfaitement sèches.

— Qu'ai-je donc fait pour que vous me traitiez ainsi ? s'écria Adolphine, qui, malgré ses efforts pour paraître calme, commençait à éprouver une vive inquiétude.

— Ce que vous avez fait, malheureuse ! reprit madame Bailleul, dont le regard semblait vouloir dévorer la jeune femme ; vous osez demander ce que vous avez fait ? Me croyez-vous aveugle ? Pensez-vous qu'on puisse tromper une mère comme on troupe un mari ? Je sais tout ; tout, vous dis-je. Voilà donc le fruit de mes soins et de mes leçons ! voilà la récompense de ma tendresse ! Après cinq mois de mariage seulement, oublier ses devoirs ! violer ses serments ! trahir un honnête homme, car votre mari est un honnête homme et vous n'avez rien à lui reprocher ! Ah ! c'est affreux !

— Je ne vous comprends pas, balbutia madame Chaudieu en détournant involontairement ses yeux d'ordinaire si fermes.

— Ah ! vous ne me comprenez pas ! Eh bien ! je vais me faire comprendre. Un homme sans principes et sans honneur, un homme indigne et infâme, M. Laboissière, est votre amant.

— C'est faux ! s'écria énergiquement Adolphine.

Madame Bailleul laissa éclater un rire insultant.

— C'est faux, dites-vous ? Aujourd'hui peut-être ; mais demain, si je n'étais pas là pour vous sauver malgré vous, serait-ce faux encore ? Est-il faux que cet homme ait la clé du potager ? est-il faux que cette nuit même, dans quelques instants, il doit se trouver sous votre fenêtre ? Est-ce faux, cela ? répondez.

En voyant son secret à la merci de sa mère, Adolphine perdit toute assurance, et, comme elle l'avait dit en riant, sembla redevenir petite fille. Le front baissé et les joues couvertes de rougeur, elle demeura muette en ayant l'air d'attendre la sentence qui devait la punir.

Après un instant de silence, madame Bailleul, qui semblait jouir du trouble d'Adolphine, reprit la parole avec un redoublement d'autorité.

— Demain nous reparlerons de cela ; en ce moment, j'ai un devoir plus pressant à remplir. Vous allez rester ici et m'y attendre.

— Où donc allez-vous ? demanda timidement la jeune femme.

— Recevoir cet homme, dit avec un accent tragique madame Bailleul.

— Quoi, vous voulez...

— Je le veux ; ainsi, pas d'observations !

— Mais, c'est impossible... dit Adolphine en se précipitant vers la porte.

Madame Bailleul prévoyait sans doute ce mouvement, car, saisissant sa fille par le bras avec une incroyable promptitude, elle la repoussa jusqu'au milieu de la chambre.

— Je vous ordonne de rester ici, lui dit-elle en même temps d'un ton qui n'admettait ni résistance ni réplique.

Avant que la jeune femme fût sortie de la stupeur où l'avait plongée ce geste violent, madame Bailleul s'élança hors de la chambre, ferma la porte à double tour, et, par surcroît de précaution, emporta la clé. Elle redescendit alors à l'appartement de sa fille, et son premier soin en y entrant fut d'examiner la fenêtre. Selon son attente, elle la trouva entr'ouverte ainsi que la persienne.

— Tout était déjà prêt ! se dit-elle ; et, sans rien changer à un arrangement qui attestait la prudence de son auteur plutôt que sa rigidité, elle fit retomber les rideaux, éteignit le bougeoir et ne laissa qu'une lampe allumée ; encore en tourna-t-elle le bouton de manière à diminuer la lueur le plus possible. Elle s'assit alors dans le coin le plus obscur de cette chambre à peine éclairée et y demeura les yeux fixés sur la pendule, immobile et attentive comme le chasseur qui guette une proie. Une demi-heure qui lui parut un demi-siècle se passa de la sorte. Pendant ce temps, à l'étage supérieur avait lieu une autre scène qui devait compliquer plus tard cette situation passablement embrouillée déjà.

Depuis qu'il s'était retiré dans sa chambre, Benoît Chaudieu, au lieu de prendre du repos n'avait pas cessé de se promener de long en large, de l'air d'un homme qui rumine un projet sérieux. De temps en temps il examinait le papier qu'il avait trouvé dans la lettre timbrée de Marseille, et en comparait les caractères avec l'écriture de plusieurs billets épars sur son bureau. Il se frottait alors les mains avec une satisfaction silencieuse et recommençait sa promenade. Après avoir continué pendant près de deux heures ce méditatif exercice, il s'arrêta, se parlant à lui-même :

— Si j'agis sans prévenir personne, se dit-il, ce procédé paraîtra inconvenant pour ne pas dire brutal. On m'accusera de dissimulation, de défiance, de manque d'égards ; et je ne veux motiver aucun de ces griefs. Ma belle-mère est la tête forte de la famille, c'est elle qu'il faut avertir ; et cela dès ce soir, car je serai parti demain matin avant qu'elle soit levée. Elle se couche fort tard, et malgré l'heure avancée, je ne la dérangerai pas.

Chaudieu exécuta sans délai sa résolution. Quelques minutes avant minuit il sortit de sa chambre, et se dirigea vers celle de sa belle-mère. Arrivé à la porte, il y frappa discrètement ; mais la prisonnière dont cet incident accrut l'inquiétude, se garda de répondre.

— C'est moi, dit-il à demi-voix après avoir frappé de nouveau ; veuillez m'ouvrir, j'ai quelque chose d'important à vous dire.

En reconnaissant la voix de son mari, Adolphine passa de l'anxiété à la frayeur, et au lieu d'ouvrir, elle retint son souffle.

— Elle est déjà endormie, murmura Chaudieu contrarié de ce contre-temps.

Sur le point de se retirer, il appliqua machinalement son œil au trou de la serrure ; et comme la clef avait été emportée par madame Bailleul, il put apercevoir la lumière dans l'intérieur de la chambre. Cette découverte le fit changer d'idée.

— Si elle était couchée, il n'y aurait pas de lumière, pensa-t-il, car elle n'en garde jamais, même quand elle est malade, et elle n'a pas l'habitude de lire au lit. Elle ne dort donc pas. Mais alors, elle me répondrait ; puisqu'elle ne le fait pas, c'est qu'elle est sortie. A pareille heure où peut-elle être ? Chez M. Bailleul ! Non, se dit le jeune mari en souriant irrévérencieusement de cette supposition. Chez sa fille alors ? C'est probable, ou plutôt c'est évident ; elle ne peut être que là. Eh bien, tant mieux ; il aurait fallu avoir également une explication avec Adolphine, je ferai d'une pierre deux coups.

Il descendit aussitôt au rez-de-chaussée et prit le chemin de l'appartement de sa femme. Sans remarquer cette circonstance, qui eût suffi pour éveiller les soupçons d'un jaloux, il en profita à son insu et arriva au fond du corridor sans que le moindre bruit eût trahi son approche. Déjà il posait la main sur le bouton de la serrure, lorsqu'une voix d'homme qu'il ne s'attendait nullement à entendre en pareil lieu, arrêta ce mouvement. Surpris à l'improviste par une aventure qui s'annonçait si mal pour un mari, Chaudieu, au lieu de céder à un emportement irréfléchi, se conduisit avec une tranquillité sournoise plus redoutable peut-être ; il souffla prudemment le bougeoir qu'il tenait à la main et colla son oreille contre la porte, dont le peu d'épaisseur lui permettait de tout entendre. Dès les premiers mots, il reconnut la voix de sa belle-mère, ainsi que celle de Laboissière, et comprit qu'Adolphine n'était pas dans la chambre. Cette absence, quoiqu'il ne pût se l'expliquer, calma ses appréhensions sans modérer sa curiosité. Jamais drame à succès n'eut un auditeur plus attentif que Benoît Chaudieu écoutant à travers une porte l'orageux entretien dont les détails vont donner à ce récit une allure nouvelle.

V

Gustave Laboissière avait montré cette exactitude qui, dit-on, est la politesse des rois et que les amants observent toujours scrupuleusement, à un premier rendez-vous ; à minuit moins cinq minutes il était à la porte du potager, à minuit précis il arrivait devant la chambre d'Adolphine, après s'être amicalement débarrassé de Turc, qui semblait n'avoir été mis en faction dans le jardin que pour en faire les honneurs à son ancien maître, et dont la conduite fut un modèle de discrétion et de savoir-vivre. Quoique la nuit fût très-sombre, le coureur d'aventures ne commit aucune méprise et devina plutôt qu'il ne la vit la fenêtre par où il comptait s'introduire dans le logis. D'une main prudente il interrogea la persienne, et la tira en dehors sans éprouver de résistance ; il poussa ensuite la fenêtre avec non moins de précaution et de succès : le passage ouvert, l'escalade n'était qu'un jeu. D'un seul élan Laboissière franchit le dernier obstacle et se trouva dans l'intérieur de la chambre ; refermant alors persienne et fenêtre, il entr'ouvrit les rideaux.

— Chère Adolphine, je suis donc près de vous ! dit-il amoureusement à la vue d'une forme confuse assise dans un des coins de l'appartement.

Il n'obtint pas de réponse ; mais, vu les circonstances, ce silence ne lui sembla pas désespérant : il s'avança donc vers la personne qu'il prenait pour madame Chaudieu. A son approche, cette femme se leva brusquement et, se précipitant vers la lampe, d'un tour de doigt en fit jaillir un flot de lumière. Aussitôt, par un mouvement qui eût produit quelque effet sur un théâtre de mélodrame, elle se posa en face de Laboissière et lui présenta en pleine clarté un visage bien connu dont la vue, malgré l'assurance du personnage, l'arrêta net à distance plus que respectueuse.

— Ce n'est point Adolphine, dit madame Bailleul après un instant d'examen foudroyant d'une part et de l'autre ahuri ; c'est moi, homme sans âme et sans honneur !

En se voyant dans une si meurtrière embuscade, un amoureux vulgaire eût perdu la tête ; mais Laboissière était au-dessus de toute émotion puérile. La première stupéfaction passée, il recouvra son aplomb et soutint courageusement le regard indigné de la mère d'Adolphine.

— Bonsoir, madame, dit-il avec une aisance insolente ; à l'éclat de vos yeux, je vois avec plaisir que votre migraine est passée.

— Monstre ! fit madame Bailleul d'une voix profonde.

Le jeune homme ôta son chapeau et s'inclina d'un air respectueux.

— Ingrat! perfide! misérable! continua-t-elle avec un redoublement de fureur.

A chaque épithète de cette litanie, Laboissière, au lieu de répondre, renouvela son salut.

— Va-nu-pieds! s'écria enfin madame Bailleul exaspérée par cette impertinence.

— Ici je me permettrai de vous faire observer que la passion vous égare, dit l'homme à bonne fortune en souriant ironiquement; un va-nu-pieds n'a pas de voiture, et mon cabriolet est à la porte.

— Grâce aux dupes qui en paient les frais, et dont j'ai fait partie trop longtemps.

— Vous nous calomniez tous deux, madame : vous avez trop d'esprit pour être une dupe, et je n'en ai pas assez.

— Pour être un fripon? Pardonnez-moi; vous en avez deux fois plus qu'il n'en faut. Mais une qualité vous manque.

— Laquelle, s'il vous plaît?

— La prudence. Vous auriez dû prévoir qu'il y avait quelque danger pour vous à faire de moi une ennemie, une mortelle et implacable ennemie.

— Madame, vous plairait-il de vous asseoir? dit Laboissière avec le sang-froid le plus irritant; je prévois que notre conversation sera aussi longue qu'elle est déjà intéressante; et pour ma part, je n'aime pas à parler debout.

Sans attendre l'autorisation qu'il semblait solliciter, il se laissa tomber dans un fauteuil et s'appuya contre le dossier en croisant les jambes aussi familièrement que s'il eût été seul et chez lui. Au lieu de suivre cet exemple, madame Bailleul se redressa dramatiquement, comme pour protester par la majesté de son maintien contre un pareil mépris des convenances.

— Maintenant, madame, reprit Laboissière, je suis prêt à dialoguer avec vous jusqu'à la consommation des siècles. D'après le jeu fort expressif de votre physionomie, je devine que vous éprouvez en ce moment des sensations excessivement tragiques; si vous preniez la peine de m'en expliquer la cause, peut-être parviendrais-je à calmer votre courroux.

— Vous êtes ici, et vous me demandez la cause de mon indignation! s'écria madame Bailleul avec un accent plein d'amertume.

— Ah! je comprends, répondit Gustave, ma présence dans cette chambre est un crime irrémissible; mais peut-être trouveriez-vous excusable que je fusse là-haut.

En parlant de la sorte il montra du doigt le plafond qui, d'un étage à l'autre, séparait la chambre d'Adolphine de celle de sa mère.

A cette brutale et cruelle récrimination, madame Bailleul se couvrit le visage de ses deux mains.

— J'ai mérité cet outrage, dit-elle d'un air morne, mais un homme d'honneur me l'eût épargné.

— L'honneur convient aux femmes au moins autant qu'aux hommes, reprit durement Laboissière; n'oubliez pas que tous ces grands mots sont des armes à deux tranchants et qu'à les manier imprudemment on risque de se couper. Au fait, que signifie cette scène? à quel propos vous trouvez-vous ici et où voulez-vous en venir?

Madame Bailleul, si impérieuse à l'égard de son mari, de sa fille et de son gendre, semblait perdre insensiblement toute énergie en face de cet homme à qui sa faiblesse avait donné des droits dont il usait sans pitié.

— Vous aimez Adolphine, dit-elle d'une voix à peine distincte.

— A qui la faute? répliqua-t-il laconiquement.

— Vous l'avouez! s'écria-t-elle avec un frémissement convulsif.

— Malgré moi, je vous le jure. Je ne demanderais pas mieux que de vous tromper; mais à cette heure, dans ce lieu et pris au piège que vous m'avez tendu, le moyen d'imaginer un mensonge qui ait le sens commun! Je conviens donc ingénument de ma faute, mais sans en accepter toute la responsabilité; car il est juste qu'une partie retombe sur vous.

— Sur moi?

— Sur vous-même. Vous m'accusez, souffrez donc que je me justifie. Depuis trois ans que je suis dans vos fers, qui m'a conseillé de paraître amoureux de votre fille afin de détourner les soupçons de votre mari? N'est-ce pas vous, madame? Le conseil était excellent et je l'ai suivi à la lettre. Qu'est-il arrivé? Une chose fort simple et que vous auriez dû prévoir : à force de jouer le rôle que vous m'aviez imposé, j'y ai pris goût; et par des gradations qu'il est inutile de détailler, ce goût m'a conduit où vous voyez.

— Ainsi, vous osez dire que vous l'aimez! reprit madame Bailleul en tourmentant dans sa main un couteau à couper le papier qu'elle avait pris machinalement sur la table.

— Par bonheur pour moi ce n'est pas un poignard, dit Laboissière avec un sourire sardonique.

Par une furie soudaine, la femme trahie prit à deux mains l'instrument de nacre, le brisa et jeta les débris aux pieds de son parjure amant.

— Le poignard est une bien médiocre vengeance, dit-elle alors, il tue trop vite.

— Nous avons le poison lent, répondit Gustave d'un ton de persiflage.

— Malgré tout votre esprit, vous n'apprendrez pas à une femme à se venger. Fiez-vous à la haine que je vous ai vouée depuis ce matin. Ni poignard, ni poison; mais la ruine, la honte, la misère! Vous voyez ce couteau; avant un mois, je vous aurai brisé comme lui.

Laboissière ramassa les deux morceaux de nacre et les regarda un instant avec une affectation d'inquiétude.

— Savez-vous que vous me faites peur? dit-il. Serais-je, sans m'en douter, aussi cassant que cela!

— Riez, reprit madame Bailleul d'un ton sinistre, riez en attendant que vous fassiez rire les autres.

— Si je ris, madame, c'est par politesse et pour rendre à vos plaisanteries les honneurs qu'elles méritent.

— Mes plaisanteries?

— Quel autre nom puis-je donner à vos menaces? vous n'exigez pas sans doute que je les prenne au sérieux?

— Elles sont sérieuses pourtant! dit la femme outragée.

— En ce cas, ayez la bonté de les formuler un peu plus clairement. Pour vous plaire, je vais trembler de tous mes membres; mais encore voudrais-je savoir pourquoi.

Madame Bailleul laissa tomber sur son ancien amant un regard pesant où étincelait la haine qui succède souvent aux passions coupables et qui en est la plus impitoyable punition.

— Parce que j'ai été faible, vous m'avez crue aveugle, dit-elle d'une voix lente; parce que vingt fois vous avez éprouvé mon dévouement, vous m'avez refusé toute intelligence. Habitué à la tromperie, vous n'avez vu dans votre bienfaitrice... Ne vous récriez pas ; c'est là pour une femme un titre bien déplorable, et j'en rougis, mais il ne dépend ni de vous ni de moi de le démentir... Vous n'avez vu dans votre bienfaitrice qu'une dupe de plus. Vous n'avez pas compris qu'une femme peut aimer un homme sans l'estimer ; apprenez-le donc, si vous l'ignorez encore. Sachez que, depuis le jour où vous vous êtes introduit chez moi, je n'ai pas été abusée un seul instant sur votre position. Vos spéculations commerciales, les noms honorables que vous mettez en avant, le crédit dont vous vous vantez, le luxe apparent qui vous entoure, chimères, mensonge, fourberie ! Vous n'êtes rien, vous n'avez rien ; je me trompe, vous avez votre industrie : il est vrai qu'elle est de celles dont s'occupe parfois la justice.

— Madame ! s'écria Laboissière en se levant avec fureur.

— Rasseyez-vous, je n'ai pas tout dit, reprit madame Bailleul, à qui l'épanchement de son courroux rendait une impérieuse énergie ; je vous connaissais donc et j'ai eu l'indignité de vous aimer. J'espère que cette faute me sera pardonnée, car elle porte son châtiment en elle-même. Devinant qui vous étiez, je vous ai servi avec une abnégation sans bornes ; je me suis attelée en esclave au char de votre fortune ; par d'infatigables efforts je vous ai créé des soutiens, j'ai donné du crédit à vos mensonges. Pour vous j'allais compromettre notre fortune. Déjà n'ai-je pas forcé mon mari à vous livrer une partie de la dot de ma fille ! Aujourd'hui encore j'étais prête à renouveler cette abominable action. Oui, abominable, car je n'ignorais pas que vous confier cet argent c'était le jeter dans un gouffre d'où il ne sortirait jamais. Voilà ce que j'ai fait pour vous, et voici comment vous me récompensez ! Oh ! Dieu est juste, car j'ai été bien coupable !

Madame Bailleul se voila de nouveau le visage de ses mains et resta muette un instant, dans une attitude pleine d'accablement et de douleur.

On oublie quelquefois les offenses reçues, mais on pardonne rarement à ceux qu'on a outragés. Victime d'une trahison, Laboissière eût peut-être vu s'amollir en faveur de la coupable le dur égoïsme de son caractère ; en présence de la femme dont il avait détruit le repos et flétri l'existence, il sentit se raidir dans son cœur les fibres d'une férocité bestiale.

— Vous pleurez ! dit-il froidement. Dans l'intérêt de votre beauté, et de votre teint surtout, je dois vous dire que vous avez tort.

— Ah ! oui, j'oubliais mon rouge ! s'écria madame Bailleul avec un ricanement nerveux qui ressemblait au rire de la folie.

Elle pressa son mouchoir sur ses yeux et montra ensuite à son cruel amant une figure où l'excès de l'indignation avait ramené une sorte de calme plus effrayant que les convulsions de la colère.

— Ce que je voulais vous dire, reprit-elle, ce qu'il vous importe de savoir, ce qui parviendra peut-être à émouvoir votre superbe courage, c'est que, dès ce moment, je vais mettre à vous détruire plus d'ardeur encore que je n'en ai montré pour vous servir. Du côté du cœur, vous êtes invulnérable ; car vous n'en avez point : aussi n'est-ce pas là que je frapperai.

— Est-ce ma fortune que vous menacez ? demanda Laboissière avec un sourire insouciant.

— Votre fortune ! pour que cet échafaudage menteur s'écroule, je n'ai qu'à retirer la main.

— C'est ce que vous ne ferez pas.

— C'est ce qui est fait.

— En vérité ?

— Je vous avais promis dix mille francs pour demain.

— J'y compte.

— Vous avez tort, et je vous conseille de les chercher ailleurs.

Laboissière s'enfonça carrément dans son fauteuil et porta la tête encore plus haut qu'auparavant.

— Je vois avec plaisir, dit-il, que nous voici enfin dans la question. Jusqu'à présent les reproches, les soupirs, les sanglots, les imprécations, les anathèmes et autres figures de rhétorique ayant exclusivement alimenté votre éloquence, j'ai dû me contenter du rôle passif d'auditeur ; car je me reconnais tout à fait incapable de lutter avec vous de larmes et d'attaques de nerfs. Mais puisque la discussion véritable et positive est enfin ouverte, vous me permettrez, je l'espère, d'y placer mon petit mot. Veuillez donc m'accorder un instant d'attention, et, surtout, suivez bien mon raisonnement.

Laboissière fit une pause et reprit d'un air doctoral.

— Je suis ici sous deux faces différentes : d'une part homme du monde, de l'autre homme d'affaires. Sous le premier point de vue, j'ai des torts envers vous et je les reconnais. Traitez-moi de perfide et d'ingrat, appelez-moi don Juan et Lovelace, ce sera bien dit. Faites mieux : poignardez-moi, je n'aurai que ce que je mérite. Vous voyez qu'il est impossible de s'exécuter plus complètement. C'est toujours l'homme du monde qui parle. Quant à l'homme d'affaires, c'est autre chose. Sous ce dernier aspect, je décline formellement votre juridiction et je ne vous reconnais aucun droit sur mon portefeuille. En un mot, j'établis une distinction rigoureuse entre le spéculateur et l'amant ; et je soutiens que ce n'est pas au premier d'expier les fautes du second. L'argument me semble d'une logique un peu serrée et voici la conclusion que j'en tire. Demain, M. Chaudieu doit venir chez moi pour prendre, au nom de votre mari et au sien, des actions dans mes bateaux. Vous aurez la bonté de ne vous opposer en aucune façon à la conclusion de cette affaire.

— Chaudieu n'ira pas ! interrompit énergiquement madame Bailleul.

— Il viendra, reprit avec assurance le spéculateur.

— Je le lui défendrai.

— Et moi, je vous défends de lui dire un seul mot à ce sujet !

En prononçant ces insolentes paroles, Laboissière s'était levé. Les bras croisés sur la poitrine, la tête fièrement jetée en arrière, il foudroya d'un regard la femme qui, oubliant qu'elle avait été faible, osait maintenant lui résister.

— Vous m'entendez, continua-t-il d'un ton despotique, je vous défends de parler de mes affaires à votre gendre, à votre mari, à qui que ce soit au monde, et malheur à vous si vous désobéissez ! Tout à l'heure vous parliez de mon imprudence, que dire de la vôtre ! avez-vous donc tout oublié ? Ma fortune, dites-vous, est dans votre main ; votre honneur n'est-il pas dans la mienne ? Frappez, et je frappe ; si vous brisez, je brise : nous verrons qui s'entendra mieux à faire une ruine. Cette réputation conservée intacte à force d'hypocrisie, ignorez-vous que je n'ai qu'un mot à dire pour la mettre en poussière ? Et, ce mot, me supposez-vous assez de vertu pour le taire, si la première vous m'attaquez ? Ah !

je suis un chevalier d'industrie! fort bien, mais qu'êtes-vous donc vous-même?

— Une femme bien malheureuse! dit madame Bailleul avec un sourd gémissement.

— Il sera temps de parler de vos malheurs lorsque du rang de femme vertueuse, de mère de famille respectable, je vous aurai fait descendre à la place qui vous convient.

— Cela n'est pas en votre pouvoir.

— Puisque vous manquez de mémoire, je vous rappellerai que j'ai le bonheur de posséder quelques-uns de vos autographes : quarante-trois lettres ni plus ni moins.

— Vous ne les avez pas brûlées, ainsi que vous l'avez juré sur votre honneur! s'écria madame Bailleul en pâlissant.

Laboissière partit d'un rire ironique.

— Sur mon honneur! dit-il; mais, selon vous, je n'en ai point : comment donc avez-vous pu vous fier à ce serment? Non, madame, je n'ai point commis la sottise de détruire votre correspondance; l'événement prouve si j'ai eu tort. Vos lettres, d'ailleurs, ne sont pas de celles qu'on brûle; et si jamais le grand jour de la publicité luit pour elles, je ne doute pas qu'elles n'obtiennent un fort beau succès littéraire.

—Je ne vous connaissais pas encore, dit la mère d'Adolphine, qui se laissa tomber sur un fauteuil, brisée en apparence par cette dernière menace et hors d'état de se débattre plus longtemps.

Laboissière garda un instant le silence comme pour lui laisser le temps de se remettre et de répondre. Voyant qu'elle persistait dans sa muette et douloureuse attitude, il s'approcha de la glace, passa la main dans ses cheveux, lissa ses moustaches, rétablit la régularité de sa cravate et finit par regarder les aiguilles de la pendule.

— Déjà une heure, dit-il. Comme le temps passe vite près de vous! Allons, il faut être raisonnable : j'ai beaucoup à travailler ce matin; et vous-même, avec votre migraine, vous avez tort de veiller si tard. Adieu donc et sans rancune. Vous vous rappelez mon ultimatum; la paix ou la guerre, à votre choix. Pour moi, je préfère la paix; et ce sera toujours à regret que je ferai de la peine à une femme. M. Chaudieu m'a promis d'être chez moi à une heure. S'il ne vient pas ou si quelque chose dans sa conduite m'apprend que vous avez parlé, il est bien entendu que la petite correspondance sentimentale fera son office. En attendant, permettez-moi de vous souhaiter une bonne nuit.

Laboissière adressa un salut dérisoire à la femme qu'il venait d'accabler, puis il s'approcha de la fenêtre. Au moment de disparaître derrière le rideau, il se retourna.

— A propos, dit-il, je me souviens que je dîne chez vous après demain. Je serai exact, et j'espère que le petit nuage d'aujourd'hui ne vous empêchera pas de m'accueillir avec la gracieuse bienveillance que vous m'avez toujours accordée.

Madame Bailleul ne répondit rien, elle était anéantie. Après lui avoir lancé un dernier regard de domination et de défi, Laboissière souleva le rideau. Un instant après, le bruit presque imperceptible de la fenêtre et de la persienne annonça qu'il s'éloignait sans accident.

<hr>

VI

Dans son entretien avec Laboissière, madame Bailleul venait de subir l'humiliation qu'ont toujours à redouter les femmes dont la conduite n'a pas été sans reproche. Insultée par un homme pour qui l'amour n'avait jamais été qu'une spéculation, il lui fallait dévorer cet outrage; heureuse encore s'il n'eût pas été le prélude d'autres tortures non moins cruelles. Elle se voyait à la merci d'un être sans principes, sans générosité, sans pitié. A l'âge où la considération devient si nécessaire aux femmes, elle se trouvait menacée du mépris public : épouse, elle avait un pardon à demander à son mari; mère, et c'était là son plus affreux châtiment, elle était exposée à rougir devant sa fille!

Après le départ de l'homme qui s'était plu à lui navrer le cœur, elle demeura longtemps immobile à la place où il l'avait laissée. Affaissée sur son siége, comme pourrait l'être un criminel au sortir de la question, la tête débilement inclinée, les bras tendus le long du corps, l'œil morne et hagard, elle repassait dans son esprit les détails de la lutte où elle avait été si brutalement vaincue. Parfois elle se figurait qu'elle avait rêvé cette scène outrageante, et par un sursaut violent elle essayait de se délivrer de son cauchemar : mais secouer sa torpeur, c'était recouvrer la lucidité de l'intelligence; et la vérité alors lui apparaissait dans toute sa menaçante laideur.

A la fin les premiers frissons de la fièvre dissipèrent de leur haleine glaciale la somnolente souffrance où semblait s'engourdir madame Bailleul. Elle se leva brusquement, promena autour d'elle un regard plein d'angoisse, et, serrant son châle sur ses épaules avec un frémissement douloureux, elle sortit de la chambre. En traversant le corridor, rien ne l'avertit que sa honte avait eu un témoin : Benoît Chaudieu s'était éloigné sans laisser de traces de sa présence. Elle trouva toutes les portes ouvertes, ainsi qu'elle les avait laissées en descendant, et aucun incident ne contraria son retour; mais à peine fut-elle entrée dans sa chambre que ses forces épuisées l'abandonnèrent tout à coup, et qu'elle se laissa tomber sur une chaise. Adolphine, qui depuis près de trois heures était en proie aux plus mortelles inquiétudes, avait fini par se coucher à demi sur une causeuse; lorsqu'elle vit s'ouvrir la porte de sa prison, elle ne fit pas un mouvement, ne prononça pas une parole, et attendit dans un recueillement hautain l'explication orageuse que rendaient probable les événements accomplis.

La mère et la fille demeurèrent quelque temps en face l'une de l'autre, également immobiles et silencieuses. A leur attitude, on aurait pu les croire endormies si elles n'eussent échangé par intervalles de sombres regards. Quoique Adolphine n'eût jamais soupçonné la faiblesse de sa mère, un secret pressentiment lui disait qu'elle trouverait en elle un juge sévère et partial. De son côté, madame Bailleul, malgré l'instinct puissant de la maternité, ne pouvait s'empêcher de voir dans la belle et jeune femme assise devant elle la cause première de ses chagrins; par moments elle oubliait sa fille pour ne plus apercevoir que sa rivale, et alors ses yeux dardaient un long regard de haine, qui portait le trouble et la crainte au cœur d'Adolphine.

Ce silence obstiné de part et d'autre devenait à chaque instant plus pénible ; madame Chaudieu, par lassitude plus que par déférence, se décida la première à le rompre.

— M'est-il permis maintenant de descendre à ma chambre ? dit-elle d'un ton sec qui contrastait avec la soumission apparente de ces paroles.

Une de ces idées absurdes que la jalousie seule peut concevoir traversa l'esprit de madame Bailleul

— S'il n'était pas parti ! se dit-elle, si, maintenant que j'ai quitté cette chambre, il allait y revenir !

— J'attends vos ordres, reprit Adolphine en voyant que sa mère ne lui répondait pas.

Madame Bailleul la regarda d'un air défiant.

— Vous savez que je suis malade, lui dit-elle, ne sauriez-vous veiller une nuit près de votre mère souffrante ?

— Quand on est malade, on se couche ; répondit madame Chaudieu d'un ton maussade.

— C'est ce que je vais faire, dit madame Bailleul en se levant avec effort.

Elle fit quelques pas, agitée d'un frissonnement fiévreux. Quoique l'amour filial n'eût pas jeté dans son cœur des racines très-profondes, Adolphine, en remarquant la démarche chancelante de sa mère, ne put se défendre d'une inquiétude qui lui inspira de plus affectueux sentiments.

— Comme vous tremblez ! dit-elle en s'approchant pour la soutenir. Rasseyez-vous. Je vais éveiller Madeleine, elle saura mieux que moi ce qu'il faut faire. Vous avez réellement la fièvre.

— Cela ne sera rien, et je n'ai besoin de personne, répondit d'un ton glacial madame Bailleul, qui se coucha sans permettre que sa fille lui aidât à se déshabiller.

Adolphine retourna s'asseoir sur la causeuse, et les deux femmes passèrent ainsi le reste de la nuit sans qu'une seule parole fût prononcée de nouveau. Entre ces deux êtres si étroitement unis par la nature, un mur d'airain s'était élevé depuis quelques heures. Au tranchant d'une rivalité, à peine découverte d'une part et encore ignorée de l'autre, les liens du sang semblaient près de se rompre. Dans cette chambre triste et muette, où l'inquiétude et le chagrin veillaient en présence, il n'y avait plus une mère et sa fille : il y avait deux femmes, deux rivales, deux ennemies.

Aux premières lueurs de l'aube, madame Bailleul sentit se dissiper l'appréhension que lui avait causée un instinct jaloux.

— Vous devez être fatiguée, dit-elle à Adolphine ; il faut aller vous coucher. Moi-même, je vais tâcher de dormir.

Madame Chaudieu ne se fit pas répéter cet ordre, et elle se retira dans sa chambre, sans espoir d'y trouver le sommeil, mais avec l'espèce de soulagement qui suit l'exécution d'une corvée fatigante.

Quelques heures plus tard, M. Bailleul, en entrant chez sa femme, resta frappé de stupeur à la vue des ravages de sa figure.

— Je viens d'apprendre qu'Adolphine a passé la nuit près de toi, dit-il d'un ton pénétré : pourquoi ne m'avoir pas envoyé chercher ? je t'aurais veillée, moi ; je suis plus fort qu'elle,

Ce reproche affectueux irrita la malade au lieu de la toucher. Elle, qui depuis la veille avait dû supporter en silence tant d'outrages, fut instantanément rendue, par le seul aspect de son mari, à sa nature emportée et violente. Le souffre-douleur parut arriver tout exprès pour recevoir l'orage qui n'attendait qu'une occasion d'éclater.

— C'est vous qui m'avez rendue malade par votre entêtement, répondit-elle avec brusquerie ; c'est cette sotte discussion d'hier qui m'a donné la fièvre. Vous voilà content maintenant !

— Mais, ma chère amie, dit humblement M. Bailleul, tu ne te rappelles donc pas que j'en ai passé par où tu as voulu ? Laboissière aura aujourd'hui les dix mille francs.

A ce nom redouté, madame Bailleul éprouva un frémissement.

— Qui vous a dit de vous dessaisir si vite de cet argent ? reprit-elle après avoir dompté son émotion.

— Toi-même, si j'ai bonne mémoire, répliqua le mari surpris d'une pareille demande.

— Je ne vous en ai pas dit un mot ; il n'a pas été question de l'époque de ce placement, et voilà comment vous interprétez toujours mes paroles de travers !

— Rien n'est fait encore, s'écria le bonhomme à qui souriait la perspective de soustraire ses dix mille francs aux chances de la spéculation des bateaux inexplosibles : si tu as changé d'avis, tu n'as qu'un mot à dire ; et je vais écrire à Laboissière, afin qu'il ne compte pas sur notre argent.

— Qui vous parle de cela ? dit d'un air sombre madame Bailleul, qui se rappela les menaces de son amant.

— Tu sais bien que pour ma part j'aimerais autant à garder nos fonds : voilà Chaudieu qui s'est mis dans la tête de prendre pour cinquante mille francs d'actions ; et à ce compte, avant un an, toute notre fortune sera entre les mains de Laboissière. Ce n'est point que je me défie de lui, mais on ne doit jamais mettre tous ses œufs...

— Chaudieu lui achète des actions ! s'écria madame Bailleul en se mettant brusquement sur son séant.

— Pour cinquante mille francs. Est-ce qu'il ne te l'a pas dit ?

— Quand a lieu cet achat ?

— Aujourd'hui, Chaudieu va partir.

— Va le chercher ; qu'il vienne sur le champ, reprit madame Bailleul d'un ton si vif que son mari, au lieu d'obéir, resta devant le lit bouche béante.

— Vous voilà encore ? reprit-elle en lui lançant un regard qui ressemblait à un coup de fouet.

— J'y vais, ne te fâche pas, répondit M. Bailleul, qui s'empressa de sortir.

— Que Chaudieu vienne seul, lui cria-t-elle au moment où il refermait la porte.

Pendant les neuf ou dix minutes qui s'écoulèrent entre le départ de son mari et l'arrivée de son gendre, madame Bailleul interrogea d'un regard effaré mais clairvoyant les profondeurs de l'abîme où elle était tombée. Elle se vit perdue si elle n'en sortait pas avant qu'il se fût refermé sur elle, et, n'ayant pas le choix des moyens de salut, elle prit un de ces partis violents que la nécessité inspire souvent et que justifie quelquefois le succès.

— Maintenant je lis dans l'âme de ce misérable, se dit-elle ; l'argent, voilà son dieu ! en s'adressant à mon cœur, c'est à notre fortune qu'il en voulait : aujourd'hui qu'il croit pouvoir me dicter des lois et me contraindre à signer notre ruine, cette dépouille ne lui suffit plus; il lui faut celle de mon gendre. Adolphine lui sert d'instrument comme je lui en ai servi moi-même. Pauvre folle, qui se croit aimée! M'aimait-il, moi? Si ces lettres restent en son pouvoir, nous sommes perdus. Armé de ce poignard, il est sûr de mon obéissance. Entre la misère et la honte quelle femme hésiterait? Il me faut ces lettres à tout prix, dût-il 'en coûter, non pas de l'or, mais du sang!

Les femmes ne se battent guère, aussi traitent-elles fort lestement une matière que prennent au sérieux aujourd'hui les hommes les plus braves. Telle, qu'une piqûre d'épingle ferait tomber en faiblesse, trouverait fort ridicule qu'une poitrine masculine éprouvât quelque répugnance à servir de fourreau à une épée. Cet héroïsme en jupon tourne d'autant plus à la crânerie qu'il est moins exposé à se voir mis à l'épreuve ; à ses yeux un duel est un expédient infaillible, un moyen de procédure péremptoire et, sauf l'antiphrase, une panacée omnipotente.

Madame Bailleul partageait cette opinion, plus répandue qu'on ne pense parmi les aimables personnes de son sexe. Pour elle Alexandre coupant le nœud gordien était le type d'après lequel on doit se conduire dans les affaires difficiles, embrouillées et périlleuses. Ne pouvant appliquer elle-même à son embarras présent ce système tranchant et expéditif, elle imagina d'agir par procuration. La nécessité plus que la préférence fixa son choix sur son gendre. Elle en faisait peu d'état, mais à quel autre confier une mission si délicate? D'ailleurs le temps pressait, et il n'y avait pas un instant à perdre. Elle se détermina donc à s'adresser à Chaudieu. Dans son esprit la chose allait d'elle-même; rien de plus praticable que le moyen : quant au résultat, elle pouvait gagner et n'avait rien à perdre; sa position étant arrivée à ce terme critique où le mal n'empire plus, tant il est accompli.

En quelques minutes madame Bailleul fit son plan, et décida que son gendre se battrait avec Laboissière. Ses lettres à ce dernier seraient l'enjeu du combat. Elle avait vu dans quelques romans les choses se passer ainsi. Le ciel, selon toute apparence, protégerait la bonne cause; et Laboissière, blessé, restituerait la correspondance dont il menaçait de faire un usage odieux. Que si, par une chance funeste, son champion était vaincu, ce malheur n'ajouterait rien au danger qu'elle redoutait, et d'ailleurs à quoi bon cette prévoyance? L'homme qui se noie ne saisit-il pas la première corde qu'on lui jette, sans calculer si elle est assez forte pour le soutenir?

Au jeu dont elle allait mêler les cartes, madame Bailleul risquait de faire tuer son ancien amant; mais la blessure qu'elle en avait reçue saignait trop cruellement pour qu'elle reculât devant l'idée d'une vengeance extrême. La Rochefoucauld a dit que, si on juge de l'amour par la plupart de ses effets, il ressemble plus à la haine qu'à l'amitié. Cette réflexion, dont la justesse est souvent contestée pendant la bonace, acquiert une vérité saisissante après un de ces orages qui éclatent souvent sur les passions mourantes et leur épargnent par un coup de foudre, les langueurs de l'agonie; de l'amour frappé au cœur, la haine s'échappe alors comme l'air sort d'une outre crevée. Ce que certaines liaisons galantes renferment d'inimitiés, de rancunes, de mépris, de dégoûts mutuels, est une chose incompréhensible pour quiconque ignore les bizarres contradictions de la nature humaine. La coupe amoureuse est d'or : le poison ne

s'y voit pas; mais il la remplit peu à peu, et à la première goutte de trop, il déborde. Or entre une femme de quarante-cinq ans et un homme de trente-deux ans il est impossible que la goutte de trop se fasse longtemps attendre; et, en effet, elle venait de tomber.

En ce moment donc, madame Bailleul, détestant Laboissière au moins autant qu'elle l'avait aimé, s'inquiétait peu du danger qu'il pourrait courir. Par instants même, il lui semblait, tant l'amour-propre offensé devient féroce, qu'elle le verrait avec quelque plaisir expirant à ses pieds comme Monaldeschi aux genoux de Christine, et lui demandant grâce sans l'obtenir.

Restait à considérer le sentiment particulier de Benoît Chaudieu, qui, peut-être, montrerait peu d'ardeur à s'approprier la querelle d'autrui; ceci semblait d'une importance si secondaire à madame Bailleul, qu'elle ne daigna pas même s'en préoccuper. Dans ses idées de belle-mère, un gendre était un meuble peu agréable à l'œil mais utile en ménage et d'un usage journalier; meuble de chair et d'os propre à une foule d'emplois domestiques, à découper à table, par exemple, à porter le châle ou la pelisse, à faire avancer la voiture, à donner le bras, à lire le journal à haute voix, à compléter la partie de whist ou de boston : voilà pour le courant. Dans les circonstances exceptionnelles, il pouvait aspirer à de plus hautes destinées : en cas de disette pécuniaire, il lui était permis de prêter de l'argent; et si quelque ennemi discourtois se présentait, il avait le droit de lui couper la gorge en risquant la sienne propre pour la plus grande gloire de la famille. Il aurait fallu certes, que Benoît Chaudieu eût l'humeur bien difficile pour ne pas remplir avec amour les devoirs de son état. Madame Bailleul était sans inquiétude à cet égard, et ce fut avec l'espèce de calme qu'inspire la conception d'un projet infaillible qu'elle attendit l'arrivée de son champion.

Chaudieu ne tarda pas à se présenter. Son maintien était placide, sa physionomie insouciante, et toute sa personne offrait plus encore que de coutume l'expression endormie qui en était le caractère distinctif. Tandis qu'il approchait sans montrer beaucoup d'empressement, madame Bailleul l'examina d'un œil fixe et scrutateur, comme don Diègue dut regarder son fils au moment de lui dire :

.....Rodrigue, as-tu du cœur?

— Vous avez des commissions à me donner pour Paris ? demanda Chaudieu en s'arrêtant à quelques pas du lit.

— Je veux vous parler de choses plus sérieuses, répondit madame Bailleul avec gravité; mais avant tout, jurez-moi sur l'honneur de ne révéler à personne cet entretien : à qui que ce soit, entendez-vous ? pas même à votre femme.

— La recommandation est inutile, je sais qu'on ne doit dire aux femmes que ce que l'on veut perdre.

— Ah, ce sont là vos principes! dit la mère d'Adolphine, surprise de cette réponse, qui constrastait avec la mansuétude conjugale de son gendre.

— C'est un dicton de Bretagne, répliqua Benoît Chaudieu.

Le visage bruni et osseux du jeune mari prit une expression de fermeté froide dont madame Bailleul demeura singulièrement frappée; elle crut voir son gendre pour la première fois, et, songeant au rôle dont elle voulait le charger, elle augura bien de ce symptôme d'énergie.

— Écoutez-moi, reprit-elle d'un ton solennel, et pesez chacune de mes paroles. Lorsque votre mère vivait encore, si quelqu'un l'avait offensée, ne l'auriez-vous pas défendue ? n'auriez-vous pas employé à la protéger ou à la venger tout ce que le ciel vous a donné de force et de courage ?

— J'aurais fait mon devoir, répondit Chaudieu.

— Vous avez eu le malheur de perdre votre mère, poursuivit madame Bailleul avec une sorte d'attendrissement ; mais votre mariage vous en a donné une seconde qui, sans se comparer à celle que vous pleurez, s'efforce du moins de la remplacer autant qu'il dépend d'elle, en vous portant l'attachement le plus sincère.

Benoît Chaudieu regarda sa belle-mère d'un air qui disait clairement : Je ne savais pas que je vous fusse si cher ; puis il s'inclina sans prononcer une parole.

— Après les liens du sang, qui passent avant tout, continua madame Bailleul dont le débit devenait oratoire, en est-il de plus sacrés que ceux qui résultent d'une alliance mutuellement heureuse et honorable ? Mon mari et moi nous vous regardons comme notre fils, et je suis certaine qu'au besoin vous sauriez remplir les devoirs qu'un pareil titre impose.

— J'ose le croire, répondit Chaudieu d'un ton modeste.

— Et moi j'en suis sûre, car vous êtes un homme d'honneur, un homme de cœur, un digne Breton ; c'est tout dire.

L'enfant de la Bretagne accueillit ce compliment par un second salut non moins silencieux et non moins ambigu que le premier.

— Si donc je vous disais : Chaudieu, un homme m'a outragée gravement, profondément, mortellement ; il est mon ennemi, de lui j'ai tout à craindre : mon mari est un vieillard, je n'ai pas de fils et je ne suis qu'une femme ; vous seul pouvez me défendre, et de vous seul j'attends secours et protection : — que feriez-vous alors, mon ami ? dites-le-moi.

Benoît Chaudieu leva le nez au plafond, et croisa les mains sur son ventre en faisant tourner ses pouces.

— Ce que je ferais ? Je n'en sais trop rien, dit-il d'un air circonspect après avoir réfléchi un instant ; il me semble que c'est à vous de me dire ce que vous voudriez que je fisse.

— Comment ! vous êtes un homme et vous ne savez que répondre à une pareille question ! s'écria madame Bailleul, à qui la pantomime fort peu chevaleresque de son gendre agaça subitement les nerfs ; je vous parle d'un outrage impardonnable, d'un danger sérieux, d'une question de vie et de mort, et vous me demandez ce qu'il faut faire ! mais vous n'y pensez pas ou plutôt vous ne m'avez pas comprise.

— Pas tout à fait, répondit Chaudieu avec le plus grand sang-froid ; les Bretons sont de braves gens, ainsi que vous aviez la bonté de le dire tout à l'heure, mais on leur reproche d'avoir la tête dure, et sous ce rapport je fais honneur à mon pays. Si vous parliez plus clairement, peut-être parviendrais-je à vous comprendre.

— Si l'on vous donnait un soufflet, que feriez-vous ? dit d'un ton bref la mère d'Adolphine.

— J'en rendrais deux, répondit le Breton.

— Vous provoqueriez en duel l'homme qui vous aurait frappé. Eh bien ! je viens de vous prouver, qu'en vertu des liens qui nous unissent, votre honneur et le mien sont solidaires. Vous êtes insulté dans ma personne. Comprenez-vous maintenant ?

— Je crois qu'en effet je commence à deviner : vous voulez que je me batte. A ce sujet j'ai une petite observation à vous soumettre.

— Je vous écoute, dit madame Bailleul dont le visage se rembrunit.

— Il y a deux mois environ, reprit Chaudieu toujours flegmatique, nous étions dans le salon, vous, ma femme et moi. J'étais sur le canapé, où vous me croyiez endormi, et vous causiez ensemble près du piano. Vous disiez à Adolphine : Tu prétends que ton mari a peu d'esprit et n'est pas aimable, c'est vrai ; mais en revanche il n'a ni énergie, ni caractère, ni volonté, et voilà l'essentiel. Tu le pétriras comme une cire molle. Mieux vaut un sot qu'on mène par le bout du nez qu'un beau parleur qui vous gouverne.

— Je n'ai pas dit cela, interrompit la belle-mère de Benoît en rougissant jusqu'aux oreilles.

— Je vous demande pardon, vous l'avez dit. Il résulte de vos propres paroles que je suis un homme sans énergie ni caractère, et dès lors vous me permettrez de trouver étonnant que vous me proposiez aujourd'hui un rôle qui exige impérieusement l'une et l'autre de ces qualités.

Madame Bailleul se mordit les lèvres et maudit intérieurement son imprudence.

— Éluder n'est pas répondre, dit-elle au bout d'un instant.

— Vous voulez une réponse, la voici, repartit Chaudieu sans s'émouvoir : Depuis cinq mois que je suis marié, j'ai accepté la position que vous m'avez faite. Je n'aurais pas mieux demandé que d'être le maître dans mon ménage, mais vous avez pensé que ce serait d'un mauvais exemple. Ma femme me mène, selon vos instructions. A votre tour vous menez ma femme. Ainsi donc, en définitive, c'est vous qui êtes la maîtresse. C'est à peine si j'ai le droit d'inviter un ami à dîner ; les domestiques vous regardent quand je leur commande quelque chose ; on a bousculé la maison et le jardin sans me consulter ; enfin, je suis un zéro. C'est bon, je ne me plains pas. Mais, puisque j'ai les charges, je trouve équitable d'avoir les bénéfices. Si j'étais le maître au logis, si j'avais l'autorité d'un chef de famille, et que vous vinssiez me dire : « Mon gendre, telle chose arrive, ça regarde les hommes, » je me dirais : « Ceci est de mon département, » et j'agirais en conséquence ; mais, puisque c'est la quenouille qui gouverne, que la quenouille combatte, je ne m'en mêle pas.

— Oh ! que je vous avais bien jugé ! dit madame Bailleul d'un ton d'ironie méprisante, que vous êtes bien l'homme faible et vulgaire que du premier coup d'œil j'avais deviné !

— Le tome deux de M. Bailleul, n'est-il pas vrai ?

— Sortez, monsieur, répliqua-t-elle les yeux étincelants de courroux, je ne souffrirai jamais qu'en ma présence vous insultiez votre beau-père.

Chaudieu s'inclina pour la troisième fois.

— Vous n'avez pas autre chose à me dire ? demanda-t-il ensuite avec une imperturbable sérénité qui redoubla l'irritation de son interlocutrice.

— Sot et poltron ! dit-elle entre les dents, mais de manière à être entendue.

— Ça va souvent de compagnie, comme vieille et coquette, répondit le jeune homme qui, cette réplique lâchée, se dirigea vers la porte.

Madame Bailleul fit un mouvement violent comme si elle eût été tentée de se jeter à bas du lit pour courir sus à l'insolent, mais elle retomba aussitôt sur l'oreiller en balbutiant des paroles entrecoupées. Tandis que dans un éloquent soliloque elle accablait de son indignation la lâcheté des hommes en général et l'ingratitude des gendres en particulier, Chaudieu regagna la salle à manger où il avait commencé de déjeuner solitairement quand son beau-père était venu le chercher. Il se remit à table aussitôt, se coupa une copieuse tranche de jambon de Bayonne, remplit son verre jusqu'au bord, et continua son repas avec un appétit inébranlable. Au moment où il laissait tomber dans sa tasse de café trois ou quatre morceaux de sucre, M. Bailleul ouvrit la porte de la salle à manger et s'avança d'un air mystérieux.

— Hé bien, qu'y a-t-il de nouveau? demanda ce dernier; que voulait vous dire ma femme?

— Elle m'a parlé de ses actions Laboissière, répondit Chaudieu en se versant un petit verre de rhum.

— J'en étais sûr. Est-ce qu'elle a changé d'avis?

— Rien n'est changé, et, aussitôt après mon déjeuner, je pars pour Paris. A propos, avez-vous ici les dix actions que vous avez prises il y a quelques mois?

— Je les ai précisément sur moi, dit M. Bailleul en tirant un portefeuille de sa poche.

— Voilà une écritoire sur la petite table, reprit Chaudieu; ayez, je vous prie la bonté d'endosser ces actions à mon ordre; je les prends à compte des quarante mille francs que vous me devez.

Le vieillard s'empressa d'ouvrir son portefeuille et d'en tirer les dix morceaux de papier dont il ne demandait pas mieux que d'être débarrassé; mais au moment de tremper la plume dans l'encre une réflexion l'arrêta, et il resta la main suspendue sur l'écritoire.

— Ah çà, c'est convenu avec madame Bailleul? dit-il en regardant son gendre.

— Sans doute, répondit Chaudieu; ma belle-mère et moi nous sommes d'accord sur tous les points. Signez donc vite; il est déjà tard, et je dois être à une heure chez Laboissière.

Tranquillisé par l'assurance qu'il venait de recevoir, M. Bailleul écrivit les endossements sans nouvelle difficulté.

— Voilà, dit-il, quand il eut fini; ce n'est donc plus que trente mille francs que nous vous devons. Et maintenant, mon cher Chaudieu, croyez-moi, réfléchissez encore avant de rien conclure avec Laboissière : c'est un malin; il est plus fort que vous, diantrement plus fort! Il va vous promettre le Pérou; ne vous laissez pas entortiller. A votre place, je prendrais de nouveaux renseignements sur ces bateaux. Qui vous presse, après tout? C'est que, cinquante mille francs, c'est un joli denier, et, comme on dit, ça ne se trouve point tous les jours dans le pas d'un cheval.

— Soyez tranquille, répondit Benoît Chaudieu avec un sourire ironique; je vois bien que vous avez peu de confiance en mon esprit, mais je ne suis peut-être pas aussi bête que j'en ai l'air.

Sans attendre la réponse de son beau-père, il sortit de la salle à manger; dix minutes après il était sur la route de Paris, et, au moment où une heure sonnait à la Bourse, il entrait chez Laboissière, qui avait établi son domicile rue Neuve-Vivienne, au centre du quartier industriel.

VII

Sans être vaste, l'appartement de Laboissière avait une apparence brillante et semblait indiquer le séjour d'un homme riche. Les meubles offraient cette somptuosité qui frappe l'œil plus qu'elle ne le satisfait, et qu'affectionne par calcul au moins autant que par mauvais goût une certaine classe de gens d'affaires. Pour beaucoup de spéculateurs, en effet, un mobilier fastueux est un appeau qui attire dans le filet les oisillons sans cervelle. Laboissière s'était conformé aux usages de ses confrères. Il était si splendidement logé que dans son cabinet le client le plus circonspect, l'actionnaire le plus rébarbatif sentaient peu à peu s'évanouir leur défiance et finissaient par se la reprocher. Dans une chanson connue, un de nos poëtes remercie son habit; Laboissière aurait dû adresser à son mobilier des remerciments analogues, car il lui devait en réalité une bonne partie de son crédit.

Malgré la scène de la nuit précédente, qui ne lui avait permis de rentrer qu'à trois heures du matin, le spéculateur s'était assis à son bureau longtemps avant midi; ainsi que tous les hommes déterminés à réussir, il savait au besoin se passer de sommeil. Une robe de chambre de soie brochée verte, un pantalon à pieds de cachemire blanc, des pantoufles de maroquin rouge et une sorte de calotte chinoise à dessins fantastiques lui composaient un négligé du matin qui, au temps où les hommes d'affaires étaient généralement voués au noir, eût paru manquer de gravité; mais, pour la finance à éperons d'aujourd'hui, un pareil costume n'avait rien que d'ordinaire et d'accepté.

La littérature et l'industrie se partageaient fraternellement un corps de bibliothèque dont le cabinet était garni dans tout son pourtour, sauf l'espace qu'occupaient plusieurs bustes de bronze posés sur des socles dans les intervalles des armoires. Vis-à-vis des fenêtres, les œuvres des meilleurs écrivains français et étrangers remplissaient les rayons et, au moindre sourire du soleil, ils resplendissaient glorieusement dans leurs éclatantes reliures. En face de la cheminée, de grands casiers montant jusqu'à la corniche du plafond offraient à l'œil d'innombrables cartons peints en vert et rangés par ordre alphabétique. Peut-être que, si l'on en eût interrogé du doigt quelques-uns, la majorité aurait sonné creux; mais les étiquettes explicites et détaillées dont ils étaient couverts sans exception ne permettaient pas qu'on s'arrêtât à une supposition si malveillante.

La plupart des affaires dont s'occupe le commerce dans les cinq parties du monde se trouvaient dénommées dans ces inscriptions orgueilleuses : Chemins de fer de Belgique et de France, canaux, mines d'asphalte, gaz Manby-Wilson, tissu Maberly, bateaux à vapeur, achats de terrains, emprunt romain, emprunt d'Haïti, lots d'Autriche, différés d'Espagne anciens et nouveaux, en un mot toutes les sacrosaintes litanies de la Bourse; pour lire de suite sans suffocation cette épouvantable kyrielle, il fallait un gosier d'agent de change. Nous donnerons une idée suffisante du magnifique aplomb qui avait présidé à la rédaction de ce catalogue en disant que le carton qui occupait la dernière place d'après la loi alphabétique portait pour étiquette ces mots écrits en gros caractères : Zemble (Nouvelle-). Compagnie de défrichement.

Sur une table ronde, au milieu du cabinet, se déroulait négligemment, parmi d'autres papiers, un plan représentant sous leurs différents aspects, extérieur et intérieur, les *inexplosibles-transatlantiques*. Il est vrai que ces paquebots, fort joliment coloriés d'ailleurs, n'existaient réellement qu'en peinture, et qu'aucun des bâtiments qu'ils représentaient n'avait encore paru sur le chantier. Mais la race des actionnaires ressemble à certains rois des contes de fées : sur la foi d'un portrait, elle se prend facilement de passion pour de belles princesses inconnues, pourvu que le pinceau de l'artiste n'ait ménagé ni l'or ni les diamants. Et quel fabricant de prospectus économise en pareil cas ? Les *inexplosibles-transatlantiques* avaient si bonne mine sur le papier, que, rien qu'à les regarder, on se sentait pris du désir d'en devenir co-propriétaire. Déjà plus d'un souscripteur près de qui avait échoué toute autre séduction s'était rendu aux promesses de ce spécimen fallacieux; aussi le fondateur de l'entreprise n'avait-il garde de négliger un si utile auxiliaire.

A l'un des bouts du bureau où écrivait Laboissière, un grand portefeuille de maroquin rouge à fermoir d'acier bâillait en forme d'éventail et entr'ouvrait une douzaine de pochettes, plus ou moins remplies, où l'œil, au milieu de carrés de papiers d'une valeur problématique, pouvait entrevoir quelques billets de banque. L'exhibition de ces valeurs n'était pas fortuite : c'était une seconde amorce à souscripteurs, d'un effet presque certain; car, en affaires, l'argent attire l'argent par un magnétisme irrésistible et pour ainsi dire fatal.

On voit que le *loup-cervier*, expression consacrée, n'avait pas oublié l'herbe fraîche qui devait affriander le mouton dont il attendait la visite. Celui-ci, comme nous l'avons dit, fut exact au rendez-vous. A une heure précise il fit son entrée dans l'antre industriel, d'où ses semblables sortaient rarement la toison sauve.

Lorsque la porte s'ouvrit, Laboissière baissa le nez sur son bureau en affectant la préoccupation profonde qui est la coquetterie des hommes de cabinet; il conserva un instant cette attitude sans paraître avoir entendu l'annonce du domestique, et leva enfin sur Chaudieu un regard distrait.

— Ah! pardon, dit-il sans quitter sa place; je suis si occupé que je ne vous voyais pas. Veuillez vous asseoir. Vous permettez que j'achève cette lettre?

— Faites, je ne suis pas pressé, répondit Chaudieu en prenant un fauteuil.

Laboissière écrivit quelques lignes, et relevant la tête de nouveau :

— Tenez, dit-il négligemment, il doit y avoir là, je ne sais où, le plan de nos bateaux. Jetez-y un coup-d'œil pendant que j'achève mon courrier; vous prendrez une idée de leur construction.

Chaudieu s'approcha de la table et considéra sans mot dire la portraiture des *inexplosibles-transatlantiques*.

— Maintenant je suis à vos ordres, reprit un instant après Laboissière en pliant la lettre quelconque qu'il venait d'écrire; mais, avant de parler d'affaires, dites-moi comment on va chez vous. Ces dames se portent bien?

— Ma belle-mère est souffrante, répondit Chaudieu d'un ton naturel.

— Elle aura passé une mauvaise nuit?

— Je le crois.

Laboissière dissimula un sourire sardonique, et, laissant là les souffrances de madame Bailleul, il passa sans transition à un sujet beaucoup plus intéressant pour lui.

— Comme je vous le disais hier, reprit-il en s'étendant avec aisance dans son fauteuil, les actions des *inexplosibles* s'enlèvent étonnamment; il était temps de vous y prendre; quelques jours encore, et il eût été trop tard. L'affaire s'annonce sous de brillants auspices, et tout nous présage le plus beau succès. Mais peut-être serez-vous bien aise d'avoir quelques renseignements sur le but, les moyens d'exécution et les résultats probables de l'entreprise?

Benoît Chaudieu fit une inclination de tête en signe d'affirmation.

— En deux mots voici la chose, continua Laboissière d'un ton dogmatique. Comparativement aux prodiges accomplis en Amérique et aux efforts récents de l'Angleterre, la navigation à la vapeur est encore chez nous au berceau. A cet égard, l'infériorité de notre belle patrie est incontestable. Remédier à un état de choses aussi fâcheux sous le rapport commercial qu'au point de vue politique, ce serait à coup sûr rendre au pays un éminent service; et je ne crois pas me faire illusion en affirmant que le seul moyen d'obtenir un pareil résultat est la création d'un service régulier de paquebots à vapeur entre la France et l'Amérique. Observez que je n'entends pas une spéculation mesquine, je parle d'une opération à large base; vous comprenez?

— Votre large base, c'est, je suppose, beaucoup d'argent? dit Chaudieu de l'air modeste d'un écolier qui soumet une observation à son professeur.

— Sans aucun doute. Le nerf de la guerre est aussi celui de l'industrie; mais quelle différence dans le résultat! La guerre détruit, le commerce multiplie. Ici, nous semons de l'argent pour récolter de l'or. Anticipons de quelques instants; supposons notre compagnie en pleine activité. Nous avons créé entre Bordeaux et les points principaux de l'Amérique, New-York, le Mexique, les Antilles, Rio-Janeiro, une communication régulière, rapide, sûre et économique. Régulière : cela se conçoit de soi-même; il ne s'agit que d'établir un nombre suffisant de bateaux. Rapide : il vous sera démontré que nous gagnons deux lieues par heure. Sûre : ainsi que leur nom l'indique, nos bâtiments sont à l'abri de toute explosion, l'appareil se submergeant en cas d'accident. Économique enfin, et ceci est le point capital : nous supprimons le charbon.

— Vous supprimez le charbon! interrompit le futur actionnaire en ouvrant de grands yeux.

— Nous supprimons le charbon, reprit Laboissière avec un sourire de supériorité; vous me permettrez de ne pas vous dire en ce moment par quoi nous le remplaçons : c'est le secret de l'entreprise, c'est la force vive au moyen de laquelle nous sommes sûrs d'anéantir tout essai de concurrence. Qu'il vous suffise de savoir que le problème des voyages de long cours est désormais résolu pour les bâtiments à vapeur. Là était en effet la difficulté. Le charbon prenant une place énorme, il y avait dans beaucoup de cas impossibilité de s'approvisionner pour toute la durée du voyage. Or, l'Océan n'est pas une route de poste où l'on puisse établir à volonté des relais. Cet obstacle n'existe plus, grâce à notre combustible, qui est destiné à opérer une révolution dans tout le système. Sans que je m'explique davantage, vous devez pressentir les conséquences incalculables de l'application d'un nouveau moteur qui assure les conditions les plus essentielles du succès : accroissement de la vitesse et économie dans la dépense.

Benoît Chaudieu inclina de nouveau la tête en homme qui n'a rien à répliquer.

— Il n'est pas nécessaire d'être commerçant pour comprendre cela, poursuivit Laboissière avec ce redoublement d'assurance qu'inspire toujours à un orateur l'attention approbatrice de son auditoire ; c'est clair comme deux et deux font quatre, c'est simple comme bonjour. Dans un commerce tel que celui des deux mondes, trois choses sont à considérer : la marchandise, le tarif, le transport ; il ne dépend pas de nous de réduire les frais d'achat et de douane : mais peu importe, puisqu'en obtenant une économie notable sur le transport, nous arrivons à un bénéfice certain. L'augmentation de célérité est aussi un point capital, surtout pour les objets de luxe et de fantaisie soumis aux caprices de la mode, et qui occupent une place si importante dans nos exportations. Songez que les modes de Maurice Beauvais et d'Humann, les nouveautés de Delisle et de Gagelin, les objets d'art de Susse arriveront à New-York en vingt jours, y compris le voyage de Paris à Bordeaux.

— Vingt jours seulement !

— C'est calculé ! Vous concevez qu'arrivant les premiers et pouvant livrer à meilleur marché, les spéculateurs qui adopteront notre entreprise n'ont à craindre de concurrence sérieuse sur aucune place. Dès lors la fortune des inexplosibles est assurée. Rien à craindre non plus des ports qui voudraient lutter contre Bordeaux. Notre combustible leur casse bras et jambes. Du premier coup, nous tuons Nantes.

— Diable ! fit Chaudieu ; moi qui suis Nantais !

— Allons donc ! vous voulez rire avec votre patriotisme de clocher. La patrie c'est le pays où l'on dîne. Nous tuons Marseille.

— Marseille aussi ?

— Ou du moins nous le réduisons à un rôle secondaire. Qu'il éreinte Trieste, permis à lui ; mais nous lui défendons de nous faire concurrence. A Marseille l'Égypte, l'Orient, la Méditerranée ; à Bordeaux les Antilles, l'Amérique, l'Océan. Nous tuons le Hâvre.

— Vous tuez donc tout le monde ?

— Mon cher, en toutes choses, politique, guerre ou industrie, les principes peuvent se réduire à un seul : tuer aujourd'hui afin de n'être pas tué demain. Le monde n'est-il pas un éternel antagonisme ? Dans un duel, fou qui tire en l'air. Supposons que vous spéculiez sur les denrées coloniales. Lorsque, par le fait de nos paquebots, vous pourrez réduire le prix du sucre de la Martinique de quinze ou vingt centimes par kilogramme, hésiterez-vous parce que ce rabais porterait un coup fatal à l'industrie des départements du Nord ? Pas si sot, n'est-il pas vrai ? Votre bénéfice d'abord, et tant pis pour la betterave !

— Vous avez raison, tant pis pour la betterave !

— Je vous explique l'affaire en grand, et je supprime une foule de considérations qui toutes ont leur importance. La colonisation de la Guyane, par exemple ! On dépense un argent fou pour l'Algérie, et l'insuffisance du système de navigation actuel fait négliger un terrain précieux qui, pour prospérer n'attend que des travailleurs. La Guyane sera les Indes de la France, dès qu'on en saura tirer parti ; mais ceci rentre dans le domaine de l'économie politique, et nous autres nous ne devons nous occuper que de notre intérêt privé. Sous ce rapport la compagnie fait grandement les choses ; dix pour cent d'intérêt garanti aux actionnaires, plus le dividende, qui, d'après les estimations les plus modérées, ne peut, dans aucun cas, rester au-dessous de ce chiffre. En tout, vingt à vingt-cinq pour cent ; c'est assez joli !

— Ce n'est pas joli, c'est magnifique ! répliqua Chaudieu d'un air convaincu. D'après ce que vous venez de me dire, je vois que votre entreprise ne peut manquer d'obtenir le plus grand succès ; c'est une véritable bonne fortune que d'être appelé à y prendre part.

Laboissière respira fortement, comme fait un coureur en arrivant au but. Il vit par anticipation une agréable liasse de billets de banque passant de la poche du candide actionnaire dans la rouge gueule du grand portefeuille, qui semblait bâiller d'impatience, et, sans s'arrêter davantage aux floritures de la discussion, il attaqua la strette finale en termes précis et concluants.

— Nous disons donc, reprit-il, que vous prenez des actions pour cinquante mille francs ?

— Pardon, nous ne disons pas ça du tout, répondit Chaudieu avec le plus grand flegme.

— Il me semblait cependant que vous-même hier vous aviez fixé ce chiffre.

— Hier, oui.

— Vous avez changé d'avis ?

— D'avis, non, mais de langage.

— Expliquons-nous, voulez-vous plus d'actions, ou vous en faut-il moins ?

— Ni plus ni moins.

— Qu'est-ce à dire ?

— C'est-à-dire pas du tout.

Cette conclusion était si imprévue que, malgré l'empire sur lui-même dont l'avait doué la pratique des intrigues industrielles, Laboissière ne put réprimer un soubresaut. Mais le premier moment de surprise passé, il se remit aussitôt, composa son visage et fixa sur son interlocuteur un œil pénétrant.

— Il paraît que la nuit a porté conseil, lui dit-il avec une inflexion de voix ironique.

— Justement, la nuit a porté conseil.

— Et sans doute, continua Laboissière, dont le regard semblait s'aiguiser à mesure qu'il parlait, madame Bailleul n'est pas étrangère à votre changement de résolution ?

— Madame Bailleul y est complètement étrangère.

Le spéculateur désappointé se mordit les moustaches et fronça les sourcils.

— C'est ce dont je m'assurerai, dit-il à demi-voix, mais avec un accent farouche.

Chaudieu n'eut pas l'air de remarquer ce qu'avait d'offensant pour lui le doute par lequel étaient accueillies ses paroles, et il se contenta de répondre :

— Comme il vous plaira.

— Puisqu'à vingt-quatre heures de distance vous passez du blanc au noir, n'en parlons plus, reprit Laboissière en souriant impertinemment pour cacher son dépit ; mais alors puis-je savoir ce qui me procure l'honneur de votre visite ?

— Deux motifs, répondit Benoît Chaudieu avec un sang-froid inaltérable. Voici le premier : Il y a trois mois, M. Bailleul a pris pour dix mille francs d'actions dans votre entreprise de bateaux. Ces actions m'appartiennent aujourd'hui, car mon beau-père vient de m'en transférer la propriété par voie d'endossement. Ainsi que je vous l'ai dit, je ne veux plus m'associer à cette affaire; et puisqu'elle est dans l'état le plus florissant, je pense que vous ne ferez aucune difficulté pour reprendre mes dix actions au prix d'émission.

— Vous dites ? fit Laboissière en examinant l'homme qui lui adressait cette proposition inouïe, avec l'étonnement curieux que cause l'aspect d'un animal monstrueux et phénoménal.

— Je dis que j'ai les dix actions dans mon portefeuille, et que j'aperçois dans le vôtre un plus grand nombre de billets de banque; ainsi, rien de plus facile que cet échange.

Laboissière se renversa sur le dossier de son fauteuil, comme pour donner un libre cours au rire homérique dont il semblait ne pouvoir contenir les éclats.

— Mon cher monsieur Chaudieu, dit-il après avoir repris haleine, je savais bien que vous étiez un charmant garçon, peintre en treillage fort distingué, jardinier plein de mérite, et, je suppose, joueur de dominos de la première force; mais j'étais loin de soupçonner tous vos talents. Savez-vous bien que vous entendez à ravir la bouffonnerie et la mystification ? Quel dommage que vous ne soyez pas au théâtre ! Dans les rôles d'Arnal vous obtiendriez un succès fou.

Benoît Chaudieu sourit paisiblement.

— Nous reviendrons à nos dix mille francs tout à l'heure, répondit-il; maintenant vous plaît-il que je vous explique le second motif de ma visite ?

— Parbleu ! je vous en prie; les occasions de rire sont si rares ! J'espère que vous aurez suivi la loi de progression, et que le numéro deux est au moins aussi divertissant que le numéro un.

— Vous allez en juger, dit Chaudieu, dont la physionomie impassible contrastait avec l'hilarité factice du faiseur d'affaires; — vous êtes détenteur de quarante-trois lettres qui vous ont été écrites par madame Bailleul : c'est la restitution de ces lettres que je vous demande en second lieu.

Laboissière s'élança de son fauteuil comme bondit une bête fauve à l'aspect du gibier sur qui elle a compté pour dîner.

— Voilà donc le mot de l'énigme ! s'écria-t-il avec une satisfaction furibonde; j'étais sûr que madame Bailleul avait passé par là ! pauvre femme ! Ah ! on veut la guerre ? on l'aura.

Il se rassit, et sa figure décomposée par la colère prit soudain, comme par enchantement, l'expression froidement hautaine qu'imposent à leur physionomie les gens querelleurs lorsque d'aventure ils se trouvent provoqués.

— Monsieur Chaudieu, dit-il, votre première réclamation m'a semblé une plaisanterie sans importance, et je me suis contenté d'en rire ; mais je me vois forcé de prendre au sérieux vos dernières paroles. Peut-être n'avez-vous pas suffisamment réfléchi aux conséquences de la mission dont vous a chargé madame Bailleul.

— Madame Bailleul ne m'a chargé d'aucune mission.

— Ce n'est pas elle qui vous a parlé de ces lettres ?

— En aucune manière.

— Qui donc alors ?

— Vous me permettrez de ne pas répondre à cette question.

— Vous me permettrez à mon tour de penser ce qu'il me plaira de votre silence, mais pas de difficultés sur ce point : j'accepte sans la discuter votre déclaration. Vous agissez, dites-vous, en votre nom personnel ?

— Oui.

— En ce cas, voici ma réponse: Quoique vous soyez le gendre de madame Bailleul, je ne vous reconnais pas le droit d'intervenir sans son autorisation dans une affaire qui n'intéresse qu'elle seule. Je vous refuse donc les lettres que vous réclamez. Quant à votre autre demande, je vends des actions et n'en achète pas.

— Je m'attendais à ce double refus, répondit Chaudieu, aussi ai-je pris mes mesures pour déterminer votre consentement.

— En vérité ! et quelles sont ces mesures

— Vous allez les connaître si vous voulez bien m'accorder quelques minutes d'attention.

— Comment donc ! mais je vous écouterai s'il le faut d'ici à ce soir. Je suis trop curieux de voir comment vous vous y prendrez pour me faire dire oui quand j'ai dit non. L'odeur du tabac vous incommode-t-elle ?

— Pas du tout, dit Chaudieu.

Laboissière alluma un cigare, croisa symétriquement les pans de sa robe de chambre, se renversa dans son fauteuil par une secousse qui le fit rouler en arrière, et posa ses deux talons sur le bureau. Dans cette attitude abandonnée il souffla au plafond une bouffée de tabac et dit ensuite avec un sourire impertinent :

— Maintenant, mon cher monsieur, vous pouvez commencer à votre tour : je suis tout yeux et tout oreilles.

VIII

Benoît Chaudieu examina un instant l'homme à spéculations, dont le cigare officiait si vigoureusement qu'on eût dit, sur une petite échelle, de la cheminée d'un bateau à vapeur; puis il prit la parole d'une voix calme et posée.

— Tout à l'heure, dit-il, lorsque vous avez développé vos théories industrielles, vous avez cru parler à un homme tout à fait étranger à ce sujet : vous vous êtes trompé. Sans être à votre hauteur, je ne suis pas complétement ignorant en matière commerciale ; et cela par une bonne raison. Il y a quatre ans, j'étais l'associé d'une maison de commission où il se faisait un assez grand nombre d'affaires : la maison Roux, Jaubert et Comp., de la rue Cléry.

Un mouvement de Laboissière fit reculer son fauteuil, et ses pieds, perdant le point d'appui que leur offrait le bureau, tombèrent sur le parquet.

— Un jour, continua Chaudieu en regardant fixement son auditeur, c'était le trente avril mil huit cent trente-deux, un individu se présenta à la caisse pour toucher le montant d'un billet tiré sur nous par la maison Rhul et Dentzel, de Strasbourg.

Le spéculateur baissa les yeux involontairement, et son regard rampa çà et là, comme une couleuvre qui a envie de mordre, mais qui n'ose lever la tête.

— Quoiqu'on n'eût reçu aucun avis de nos correspondants, le billet fut payé, car il offrait toutes les apparences de la régularité. Il était faux cependant. A la première explication nous en eûmes la preuve. C'était bien un mandat de la maison Rhul et Dentzel ; il en portait le timbre, mais la signature était contrefaite. On fit des recherches pour découvrir le faussaire. Les soupçons de nos correspondants se portèrent à l'instant même sur un jeune homme qui, après avoir travaillé quelque temps dans leurs bureaux, en avait été renvoyé depuis peu, prévenu déjà de plusieurs infidélités graves. Ce jeune homme s'appelait Chabaud, mais il avait encore un autre nom... Vous laissez s'éteindre votre cigare.

Laboissière, dont la respiration semblait suspendue depuis un instant, aspira violemment le petit rouleau de tabac qu'il gardait dans le coin de ses lèvres ; mais il était trop tard : aucune fumée n'en sortit.

— En dépit d'une triple contrefaçon, reprit le narrateur, il demeura certain que le corps du mandat, la signature Rhul et Dentzel, et l'acquit du porteur désigné sous la nom de Frédéric Bonnet, était de la même main ; et en comparant ce faux billet avec plusieurs papiers de Chabaud, il fut facile de reconnaître l'identité de l'écriture. Evidemment Chabaud, qui connaissait parfaitement la signature de la maison où il travaillait, avait rempli ce mandat et d'autres peut-être, dont il lui était facile de s'emparer ; puis, à Paris, il était venu lui-même en réclamer le payement à l'aide d'un faux nouveau. On prit des renseignements à l'adresse indiquée par le soi-disant Bonnet ; aucun individu de ce nom n'existait dans la maison. La trace du faussaire semblait donc perdue.

Bientôt le mouvement des affaires fit oublier cet événement ; on porta en perte la somme payée et l'on n'y pensa plus. Deux personnes cependant avait vu Chabaud au moment où il s'était présenté rue Cléry : l'un était le caissier, M. Blanquart, aujourd'hui employé au trésor ; l'autre était un des associés de la maison, qui par hasard se trouvait à la caisse, et qui à travers le guichet avait aperçu et regardé, de manière à pouvoir le reconnaître par la suite, le porteur de la fausse lettre de change. Cet associé, c'était moi.

Le spéculateur se croisa les bras sur la poitrine par un geste convulsif et broya le cigare éteint, qu'il avait machinalement gardé entre ses dents.

— Ce soi-disant Bonnet, continua Chaudieu toujours impassible, ce Chabaud, qui a encore un autre nom, ce faussaire enfin, c'était vous.

Laboissière avait rassemblé toute son énergie pour recevoir ce coup de massue aussi prévu qu'inévitable. Dans un transport d'indignation qui eût pu abuser un œil peu clairvoyant, il s'élança de son fauteuil ; et arrêtant sur son accusateur un regard terrible :

— C'est une infâme calomnie ! s'écria-t-il ; c'est un abominable mensonge, et votre vie me répondra de cet outrage !

— Je ne le crois pas, mais avant tout laissez-moi achever. Je n'ai pas à m'occuper ni de ce que vous avez fait depuis le trente avril mil huit cent trente-deux, ni de la manière dont vous vous êtes introduit chez mon beau-père, un an environ après cette époque. Les accidents d'une vie comme la vôtre pourraient nous faire perdre de vue notre sujet. D'ailleurs il est inutile de remonter plus haut que mon mariage, puisqu'auparavant je ne vous avais vu qu'une seule fois. Lorsque j'épousai mademoiselle Bailleul, dont je ne connaissais la famille que depuis fort peu de temps, vous étiez à Bordeaux sous le prétexte d'y créer votre compagnie de bateaux à vapeur. Je ne vous rencontrai donc chez mon beau-père qu'après votre retour. J'ai une excellente mémoire, votre figure me frappa tout de suite, mes souvenirs se réveillèrent, et bientôt je vous reconnus.

— Atroce mensonge, vous dis-je !

— Je vous reconnus si bien, que dès ce moment je ne conservai pas le moindre doute. Votre nom confirmait le témoignage de votre visage. Messieurs Rhul et Dentzel nous avaient appris que l'individu qu'ils soupçonnaient se nommait André-Louis-Gustave Chabaud Laboissière. A Strasbourg on vous appelait Chabaud tout court ; mais, jugeant sans doute ce nom hors de service, vous l'aviez quitté à Paris pour prendre celui de Laboissière, comme dans une bataille on abandonne un cheval tué sous soi pour en monter un autre moins endommagé.

— Vous avez raison, interrompit l'industriel d'une voix altérée ; continuez vos insultes : quand vous aurez fini, nous en règlerons le compte.

— Si je n'avais écouté que ma conviction, je vous aurais démasqué à l'instant même, reprit Chaudieu sans paraître ému de cette menace ; mais je n'ai pas l'habitude d'agir légèrement, et je résolus de ne parler qu'après avoir acquis une certitude irréfragable. Depuis deux ans j'avais quitté la maison Roux et Jaubert, qui elle-même s'était transportée à Marseille. J'écrivis aussitôt à Francis Jaubert, qui devait avoir conservé dans ses papiers la fausse lettre de change. Il était en Italie, et, en son absence, on ne put m'envoyer ce que je demandais. Près de cinq mois se sont passés ainsi, pendant lesquels, fidèle à ma résolution, j'ai dû recevoir chez moi, à ma table, un individu dont la famille de ma femme s'était engouée, sans se douter que l'homme qu'elle accueillait si bien n'était qu'un escroc.

— Misérable ! s'écria Laboissière en se précipitant sur le narrateur.

Chaudieu saisit au vol la main qui descendait sur sa joue, et, sans riposter au coup dont il avait été menacé, il se contenta de contraindre son adversaire à se rasseoir, après lui avoir tenaillé le poignet de manière à lui ôter l'envie de tenter les chances du pugilat.

— Encore un instant de patience, dit-il en même temps ; je termine. La lettre que j'attendais pour vous faire connaître sous votre véritable jour est enfin arrivée hier, et c'est vous-même qui avez eu la complaisance de me l'apporter. Francis Jaubert, de retour de son voyage, m'envoie le billet en question avec tous les renseignements utiles pour la condamnation du faussaire. Ce billet, je l'ai là, dans mon portefeuille ; et si vous n'obtenez pas de moi que je vous le remette, je vous préviens qu'en sortant d'ici j'irai le déposer au parquet du procureur du roi.

Abasourdi comme un renard pris au piége, Laboissière garda pendant quelques instants un morne silence.

— Quel prix mettez-vous à ce papier ? dit-il enfin d'un ton sinistre.

— Dix de ces billets de banque en échange de mes dix actions, et les quarante-trois lettres de madame Bailleul pour la lettre de change.

Le spéculateur étendit la main vers son portefeuille et tira dix billets de mille francs parmi les effets sans valeur. Se levant ensuite, il ouvrit son bureau et y prit un petit coffret d'où il tira une liasse de lettre.

— Vous permettez que je compte ? dit Chaudieu en saisissant cette volumineuse correspondance.

Laboissière sourit amèrement en homme qui a dévoré trop d'outrages pour s'irriter d'une marque de défiance.

— Quarante-trois, c'est bien cela, dit le gendre de madame Bailleul après avoir compté attentivement les lettres. Maintenant ayez, je vous prie, la bonté de mettre ce paquet sous enveloppe et d'y apposer votre cachet.

— Pourquoi cette précaution? demanda Laboissière en prenant sur le bureau un grand feuillet de papier.

— Je ne veux pas que madame Bailleul puisse supposer qu'avant de rentrer dans ses mains, ces lettres ont été exposées un seul instant à être lues par moi.

Sans faire d'observation sur un procédé dont la délicatesse le touchait fort peu, l'ancien amant de la femme de quarante-cinq ans enveloppa la correspondance amoureuse, et la cacheta, conformément à l'invitation qu'il venait de recevoir. Il joignit ensuite à ce paquet les dix billets de banque et présenta le tout à Chaudieu, qui dans ce temps avait tiré de son portefeuille les actions des *inexplosibles* et le faux billet à ordre. L'échange s'opéra sans qu'une seule parole fût prononcée de part et d'autre. Tandis que le mari d'Adolphine empochait tranquillement correspondance et billets de banque, Laboissière contemplait d'un air sombre le papier que le soin de sa sûreté l'avait contraint de racheter à tout prix; après l'avoir examiné avec une attention scrupuleuse, il alluma une bougie et approcha de la flamme la lettre de change, dont il ne resta bientôt qu'une pellicule noirâtre qu'il écrasa sur le parquet comme si le feu ne lui eût pas semblé un destructeur suffisant.

En voyant la preuve de son crime anéantie, Laboissière laissa échapper de ses lèvres un râle sourd, semblable au grondement du loup prêt à mordre; il releva ensuite la tête par un mouvement résolu, et fixa sur l'homme dont il ne craignait plus la dénonciation un regard où éclatait la fureur qu'il avait contenue jusqu'alors.

— Avant que vous sortiez dit-il d'une voix stridente, nous avons un dernier arrangement à prendre. Quelles sont vos armes?

Chaudieu sourit paisiblement.

— Je m'attendais à cette provocation, répliqua-t-il , mais vous auriez pu vous en dispenser, car mon intention n'est pas d'y répondre.

— Vous refusez de vous battre?

— Je refuse de me battre.

— Et vous croyez que je ne vous y forcerai pas! s'écria Laboissière avec un accent sardonique. Vous m'avez insulté mortellement, et vous prétendez que je subisse cet outrage sans en obtenir une réparation éclatante! Vous êtes fou, mon cher! Nous nous battrons, non pas bientôt, non pas demain, mais aujourd'hui même. Exécutez-vous donc de bonne grâce et sur le champ, si vous ne voulez pas que je vous inflige le châtiment des lâches.

— Je ne vous conseille pas de répéter le geste que vous vous êtes permis tout à l'heure; je pourrais être moins patient la seconde fois que la première, et vous envoyer dans la rue sans passer par l'escalier. Vous logez au troisième étage, et le saut vous serait malsain.

A ces mots, Chaudieu posa négligemment sur ses genoux deux larges mains hâlées par le travail champêtre, dont les doigts noueux semblaient de force à décorner un bœuf. Cette pantomime expressive modéra la furie du provocateur, qui, voyant que les chances de la lutte étaient contre lui, se croisa dédaigneusement les bras.

— Je vous parle en gentleman, dit-il avec un sourire de mépris, et vous me répondez en crocheteur!

— Un crocheteur vaut bien un gentleman qui fait des faux.

— Écoutez-moi, reprit Laboissière pâle de rage : ici, nous sommes seuls; et puisque vous n'avez pas de cœur, c'est inutilement que je vous frapperais au visage. Trève donc pour aujourd'hui; mais la première fois que nous nous rencontrerons en public, ne me laissez pas approcher à portée de ma canne : car, sur mon honneur, où que je vous trouve, je vous la brise sur la figure. Nous verrons alors si vous refuserez encore de vous battre.

— Je vous battrai, mais nous ne nous battrons pas, dit Chaudieu avec le plus grand flegme : si vous n'étiez qu'un duelliste, je pourrais commettre la folie de jouer ma vie contre la vôtre, malgré l'inégalité des chances; mais vous êtes un fripon, et je ne connais aucune loi ni aucun préjugé qui puisse m'obliger à faire votre partie.

— Vous voulez donc que je vous assassine! s'écria Laboissière exaspéré par un refus si outrageusement motivé.

— Ceci ne m'inquiète pas, repartit Chaudieu en souriant ironiquement. Appeler sur le terrain un adversaire dont on connaît les habitudes pacifiques, lorsqu'on a soi-même dix ans de salle et qu'à trente pas on fait mouche un coup sur deux, cela n'exige pas un héroïsme extraordinaire; mais pour assassiner un homme il faut quelque courage, et quoique déjà vous ayez affronté les galères, je ne vous crois pas disposé à braver la guillotine.

Chaudieu se leva, prit son chapeau, qu'en entrant il avait posé sur une table, et sans saluer le maître du logis il se dirigea lentement vers la porte. Au moment où il l'ouvrait, Laboissière, sortant de sa stupeur, se précipita vers lui.

— A demain, dit-il d'une voix rauque et entrecoupée; je dîne chez votre beau-père et vous y serez. Là, en présence de votre famille, je vous soufffletterai et je vous cracherai au visage; j'en fais ici le serment par les cinq cent mille démons de l'enfer. Et ne comptez pas sur vos poings de portefaix, je serai armé; et au premier geste je vous saigne.

— Merci de l'avertissement, dit Chaudieu avec insouciance.

— A demain! répéta Laboissière d'un ton qui annonçait l'implacable détermination de faire prendre à sa honte un bain de sang.

IX

Après avoir quitté Laboissière, Benoît Chaudieu retourna aussitôt à sa maison de campagne et, en arrivant, son premier soin fut de monter au petit salon dont nous avons déjà parlé. Il y trouva son beau-père assis devant une table à jeu momentanément changée en bureau, et où le bonhomme avait déjà écrit plusieurs lettres. Madame Bailleul, à demi renversée sur les coussins d'un canapé, gardait une attitude immobile où se trahissait l'abattement; sur sa figure soucieuse, dix années semblaient avoir pris leurs ébats depuis la veille.

A la vue de son gendre, **M.** Bailleul se leva précipitamment.

— Enfin, vous voilà ! dit-il d'un air effaré ; il faut avouer que vous êtes un joli garçon !

— Qu'y a-t-il donc ? demanda Chaudieu.

— Il y a qu'avant de partir pour Paris vous m'avez fait endosser mes actions en me disant que c'était convenu avec madame Bailleul, et que maintenant c'est moi qu'on querelle ; comme si j'avais pu deviner que vous preniez ça sous votre bonnet ! Ma chère amie, je veux qu'il s'explique devant toi, continua-t-il en s'adressant à sa femme. — Chaudieu, je vous somme de répondre : m'avez-vous dit que c'était une affaire arrangée avec madame Bailleul ?

— Je vous l'ai dit, répondit le jeune homme.

— Vous osez soutenir que je vous ai parlé de cela ! s'écria madame Bailleul en rougissant de courroux.

— Vous ne m'en avez pas dit un mot, dit Chaudieu d'un ton léger.

Les deux époux échangèrent un regard d'étonnement et examinèrent ensuite leur gendre avec une curiosité mêlée d'inquiétude.

Il aura déjeuné une seconde fois à Paris, pensa le vieillard, et ce renard de Laboissière l'aura grisé pour le plumer plus facilement.

— Me ferez-vous l'honneur de m'expliquer ce que cela signifie ? demanda madame Bailleul, qui, en parlant des affaires qui concernaient aussi son mari, s'exprimait toujours à la première personne du singulier.

— Avec plaisir, répliqua Chaudieu : je ne pouvais disposer de ces actions qu'en en devenant propriétaire, et pour faire approuver cette mesure par mon beau-père, le meilleur moyen était de lui parler en votre nom.

— Vous avez disposé de ces actions ? s'écria M. Bailleul d'un ton d'anxiété.

— J'ai pris cette licence, dit Chaudieu en riant.

— C'est le vin qui lui donne cet aplomb, se dit le vieillard ; jamais je ne l'ai vu comme ça.

— Finissons-en, s'il vous plaît, reprit madame Bailleul avec un accent sévère qui aurait fait frissonner son mari s'il en eût été l'objet ; avez-vous quelque raison qui vous empêche de me dire ce que vous avez fait de ces actions ?

— Pas la moindre, répondit Chaudieu ; on dit que la nuit porte conseil ; les observations de mon beau-père sur le peu de solidité de certaines entreprises industrielles m'ont paru fort justes ce matin, quoique hier j'eusse refusé de m'y soumettre. Au lieu de prendre de nouvelles actions, j'ai donc rendu à M. Laboissière les anciennes.

— Il les a reprises ? s'écrièrent à la fois les deux époux.

— Sans doute : en voici le capital.

Chaudieu tira de sa poche les dix billets de banque et les jeta sur la table de jeu.

M. Bailleul étendit prestement la main vers le précieux paquet, comme un chat jette sa patte sur une souris.

— Vous avez tiré votre argent des griffes de Laboissière, s'écria-t-il le front rayonnant de joie, et il n'a pas fait de difficultés ?

— Si fait ; mais nous avons fini par nous accorder. Voilà donc vos dix mille francs ; s'il vous convient de me les laisser à compte de la dot d'Adolphine, je les garderai ; si vous aimez mieux me donner le tout ensemble, ce sera comme il vous plaira.

— Nous arrangerons ça, dit M. Bailleul, qui en voyant que sa femme gardait le silence n'osa prendre sur lui de

rien décider. Avant tout, mon cher Benoit, il faut que je vous demande pardon d'une mauvaise pensée qui m'était venue tout à l'heure. Ne m'étais-je pas figuré qu'à Paris vous aviez fait des sottises et que vous vous étiez laissé entortiller par ce beau parleur de Laboissière, tandis qu'au contraire il paraît que c'est vous qui l'avez roulé un peu proprement. Ah çà, est-ce que par hasard vous seriez un finaud avec votre air de sainte Nitouche ?

Le bonhomme, que les billets de banque mettaient en belle humeur, s'aperçut tout à coup que sa satisfaction n'avait pas été sanctionnée par la puissance domestique à laquelle il était soumis ; cette idée lui ferma la bouche, et il tourna vers sa femme un regard timide comme pour s'excuser de la liberté qu'il venait de prendre et demander la permission d'être content.

Depuis l'explication donnée par Chaudieu, madame Bailleul n'avait pas prononcé une parole, mais ses yeux étaient restés fixés sur son gendre avec un mélange d'étonnement, de curiosité et d'inquiétude. Le silencieux appel de son mari la tira de la méditation observatrice où elle paraissait absorbée.

— Avez-vous fini d'écrire vos lettres ? lui dit-elle avec une indifférence affectée.

— Il n'y a plus qu'à mettre les adresses, répondit M. Bailleul.

— Je m'en charge. Pendant ce temps, allez dire à Pierre qu'il s'apprête ; il faut qu'il les porte à Paris sur le champ.

— C'est donc une circulaire ? dit Chaudieu en regardant les feuillets de papier dispersés sur le tapis vert.

— Vous savez que nous devions avoir demain une dizaine de personnes à dîner à Paris, répondit M. Bailleul ; mais ma femme étant souffrante, nous contremandons les invitations.

— Je vous ai prié d'aller chercher Pierre, reprit la maîtresse au logis.

— J'y vais, ma bonne amie, répondit le mari débonnaire en s'empressant d'obéir.

Dès que son mari fut sorti, madame Bailleul vint s'asseoir devant la table à jeu sans paraître accorder aucune attention à son gendre. Après avoir écrit deux ou trois adresses, elle laissa tomber sur lui un regard distrait et lui dit du même ton que si elle eût parlé du soleil ou de la pluie :

— Vous avez donc vu M. Laboissière ?

— Je sors de chez lui, répondit Chaudieu avec une égale affectation d'insouciance.

— Quand vous lui avez proposé ce remboursement, il n'a pas fait d'objections ?

— Je les ai levées.

— Ne pouvez-vous me dire par quel moyen ?

— Qu'importe le moyen, quand la fin est obtenue !

Madame Bailleul baissa le nez sur la table et écrivit encore une ou deux adresses.

— Il n'a été question entre vous que de ces actions ? reprit-elle en cherchant à dissimuler son agitation.

— Nous avons encore parlé d'autres choses.

— Ah !... Mais rien d'important sans doute... rien qui vaille la peine que vous m'en parliez ?

Chaudieu contempla un instant sa belle-mère, dont la figure, en dépit de ses efforts pour se contraindre, trahissait une appréhension violente. Il eut pitié de cette angoisse, et tirant de sa poche les lettres qui devaient la calmer, il les plaça sur la table sans prononcer un seul mot.

Madame Bailleuil, étonnée, prit le paquet. N'y voyant pas d'adresse, elle regarda le cachet et reconnut aussitôt le chiffre de Laboissière. A cette vue elle poussa un cri étouffé et arracha l'enveloppe avec l'avidité d'une tigresse qui éventre sa proie. Les lettres s'éparpillèrent sur la table. En les apercevant, en se voyant sauvée, l'épouse coupable rougit et pâlit tour à tour. Un instant elle fut près de perdre connaissance, mais son énergique naturel la soutint. Bientôt sa contenance se raffermit, des éclairs jaillirent de ses yeux; puis tout à coup, par un mouvement irrésistible, elle se leva, prit les deux mains de son gendre et les étreignit convulsivement dans les siennes.

— Vous êtes mon sauveur, et je vous dois plus que la vie, lui dit-elle d'une voix tremblante d'émotion.

— Cachez cela, votre mari va rentrer, répondit Chaudieu avec le sang-froid qui ne l'abandonnait jamais.

Madame Bailleul rassembla les lettres, mais, au moment de les serrer dans sa poche, elle s'arrêta frappée d'une crainte nouvelle et se mit à les compter.

— C'est inutile, lui dit son gendre, elles y sont toutes.

— Toutes ?

— Il y en a quarante-trois.

— Vous les avez comptées ? dit-elle avec une sorte de confusion.

— Comptées seulement; ce cachet vous atteste que cette indispensable précaution prise, ma curiosité n'est pas allée plus loin.

— Vous êtes le meilleur et le plus généreux des hommes ! Je ne me pardonnerai jamais la manière dont je vous ai traité ce matin. J'avais douté de vous au moment même où vous me rendiez un service que je voudrais payer de mon sang.

— Vous pouvez vous acquitter à bien meilleur marché, dit Chaudieu.

— Oh ! parlez ! s'écria madame Bailleul, dont le caractère hargneux et dominateur semblait complétement transformé par la reconnaissance.

— Je vois que vous allez déjà mieux; vous passerez une bonne nuit, et demain vous serez tout à fait bien portante. Faites-moi le plaisir de donner votre dîner.

Madame Bailleul prit les lettres qui devaient contremander les invités et les déchira sans la moindre hésitation.

— Ceci est un enfantillage, dit-elle ensuite; demandez-moi un service sérieux; enfin donnez-moi l'occasion de vous prouver que si j'ai quelquefois l'humeur difficile, du moins je ne suis pas une ingrate.

— Voici Pierre, dit M. Bailleul en entrant inopinément dans le salon.

Le vieillard s'arrêta déconcerté à l'aspect des lettres qu'il avait passé deux heures à rédiger et dont les fragments soulevés par le courant d'air de la porte voltigeaient çà et là sur le parquet.

— Tu les as trouvées mal écrites, dit-il en regardant sa femme d'un air dolent; j'y avais pourtant mis tous mes soins.

— Qui vous parle de cela? repartit madame Bailleul, qui, envers son mari, reprit son ton habituel; j'ai changé d'avis, le dîner aura lieu.

— Mais, ma bonne amie, permets-moi de te faire observer que, dans ton état d'indisposition, c'est une imprudence.

— Je vais mieux.

— Tu le crois, mais au fond...

— Je vous dis que je vais mieux.

— Je serais ravi que cela fût vrai, mais il me paraît impossible...

— Mon Dieu, monsieur Bailleul, si vous avez juré de me faire retomber malade, vous n'avez qu'à continuer ainsi. Je vous répète que je suis guérie, que je me porte à merveille et que notre dîner de demain ne sera pas remis d'un seul jour. Maintenant voulez-vous me faire le plaisir de dire à Pierre que nous partirons pour Paris ce soir à sept heures, et qu'il tienne la voiture prête ?

M. Bailleul trouva inutile d'essayer une plus longue opposition, et il sortit aussitôt pour faire exécuter le contre-ordre qu'il venait de recevoir.

— Maintenant que nous sommes tranquilles, dit la femme de quarante-cinq ans, dont la curiosité s'était allumée à mesure que s'éteignait sa terreur, racontez-moi ce qui s'est passé entre vous et cet homme; dites-moi par quel sortilége vous avez dompté ce caractère insolent et impitoyable.

— A quoi bon s'appesantir sur des détails qui réveilleraient en vous de pénibles souvenirs? répondit Chaudieu avec gravité; qu'il ne soit jamais question entre nous de ce qui vient de se passer. Pour moi, dès à présent, je ne m'en souviens plus. Vous êtes la mère de ma femme; à ce titre, ainsi que vous le disiez ce matin, je vous dois affection et respect; le reste ne me regarde pas. L'essentiel c'est que nous voilà débarrassés d'un homme dangereux à plus d'un titre.

Un gendre rancunier se fût vengé peut-être des mauvais procédés de madame Bailleul en lui jetant sans miséricorde cette phrase accablante : « Celui que vous aimiez a mérité les galères ! » Chaudieu, avec la générosité qui est le partage des caractères fortement trempés, évita toute allusion qui eût pu redoubler l'humiliation de sa belle-mère.

— Tout est fini, j'espère, reprit madame Bailleul le front couvert de rougeur; il était invité pour demain, mais bien certainement il ne viendra pas.

— Il viendra, dit Chaudieu.

— Il oserait! s'écria la femme désabusée, qui pour triompher d'un effroi soudain eut besoin de se rappeler qu'elle n'avait plus rien à craindre de son indigne amant

— Il osera, car ce n'est pas l'audace qui lui manque. Mais rassurez-vous, je serai là. Recevez-le donc comme de coutume, et quoi qu'il arrive, ne vous effrayez de rien ; je prends tout sur moi.

Depuis une demi-heure à peine, les manières de la belle-mère et du gendre à l'égard l'un de l'autre avaient subi la plus brusque métamorphose. Chaudieu, qui la veille encore semblait regarder la subordination comme son état naturel, parlait maintenant avec l'accent absolu d'un homme décidé à prévaloir, quel que soit l'obstacle qu'il rencontre. De son côté, madame Bailleul, qui ne souffrait guère la contradiction et qui exigeait de tous les membres de sa famille une obéissance passive, madame Bailleul pour la première fois écoutait avec déférence l'opinion d'autrui et pliait devant une volonté dont elle n'avait jamais soupçonné l'existence. Ce fait seul constituait une véritable révolution domestique, et il était impossible que le pouvoir menacé de déchéance ne s'aperçut pas du péril où il se trouvait engagé.

Subjuguée jusqu'alors par la force des circonstances, dominée par ses propres impressions, madame Bailleul fut frappée à la fin de l'assurance avec laquelle s'exprimait son gendre. Un peu surprise déjà, elle lui jeta un regard perçant, et trouva dans ses yeux une énergie si froide, sur son front une résolution si tenace, que subitement elle éprouva une émotion analogue à celle d'un nageur novice qui, après s'être ébattu quelque temps au milieu d'une eau dormante, perd pied tout à coup et se sent attiré dans un abîme inconnu.

— En vérité, dit-elle avec un sourire contraint, vous ne doutez de rien aujourd'hui, et j'ai peine à vous reconnaître, vous d'ordinaire si réservé, si paisible, si doux.

— Si poule mouillée! n'est-ce pas? répondit Chaudieu d'un ton passablement ironique.

— Je n'ai pas dit cela.

— Mais vous le pensez, ce qui revient au même. Que voulez-vous, ma chère belle-mère, les jours se suivent et ne se ressemblent pas.

— Le caractère ne change pas ainsi d'une minute à l'autre.

— Aussi le mien n'a-t-il nullement changé : je suis aujourd'hui ce que j'étais hier.

— Une énigme! car vous avez beau dire, il y a deux hommes en vous; votre regard, votre voix, votre maintien, tout me semble nouveau. Oui, une étrange énigme!

— Êtes-vous très-curieuse d'en connaître le mot?

— Je suis une femme, répondit madame Bailleul en essayant de dissimuler par un sourire la vague anxiété dont elle ne pouvait se défendre.

— Et moi, je suis un homme, dit Chaudieu de l'air le plus grave, je suis un homme, et non un automate, comme vous l'avez cru jusqu'à présent : voilà toute l'énigme. Maintenant que vous me connaissez, ma conduite depuis cinq mois vous paraît sans doute étrange : deux mots vont l'expliquer. Je ne suis ni un héros, ni un savant; j'ai peu d'esprit et point de talents, mais du moins je suis un honnête homme, ami de la justice et esclave du devoir. En me mariant, j'ai cru prendre un engagement sérieux ; j'ai résolu de faire un bon ménage, de rendre ma femme heureuse et de bien vivre avec sa famille. Mais mon mariage avait été si rapidement conclu par mon oncle que je vous connaissais à peine. Vous avez provoqué cette explication, veuillez donc excuser ma franchise. Mes dispositions affectueuses ne reçurent ni de vous ni d'Adolphine l'accueil qu'elles méritaient peut-être. Je ne dis rien de mon beau-père, le meilleur des hommes! Mais vous, de qui dépendait surtout la réalisation de mes projets de bonheur domestique, vous m'avez refusé tout appui. Ni mes attentions, ni mes égards, ni ma complaisance, n'ont trouvé grâce devant vous, et ma femme a scrupuleusement réglé sa conduite sur la vôtre.

— Les torts de votre femme ne me regardent pas, dit madame Bailleul, qui n'avait pas écouté sans confusion ces reproches légitimes.

— Les torts d'une fille ne regardent pas sa mère! s'écria Chaudieu. Pourquoi donc alors la loi rend-elle les parents responsables des fautes de leurs enfants? Sans l'exemple qu'elle avait sous les yeux, Adolphine se fût maintenue dans la soumission qu'elle me doit, et je ne serais pas forcé maintenant de l'y faire rentrer. Oui, ses défauts sont votre ouvrage, et c'est ce qui me rend indulgent envers elle. Une semaine après mon mariage, je savais à quoi m'en tenir, et si je n'avais écouté que mon amour-propre, j'aurais remis sur le champ toute chose à sa place. Mais j'ai voulu que, dans une affaire si délicate, aucun tort ne pût m'être imputé. J'ai donc soumis mon caractère, peu endurant de sa nature, à l'épreuve la plus difficile. Je me suis prescrit six mois entiers de patience, d'abnégation, d'obéissance, de domesticité enfin, et ce mot n'est que juste, me disant que si, pendant ce temps, je ne réussissais pas à fléchir par ces humbles moyens votre humeur despotique, j'aurais alors le droit, chèrement acquis, d'opposer ma fermeté à votre violence. De ces six mois, cinq sont écoulés aujourd'hui, et les circonstances qui ont amené cette discussion me dispensent d'attendre la fin du sixième. Dès à présent, nous entrons dans un ordre de choses nouveau.

— Est-ce une rupture? demanda madame Bailleul, tout étourdie de ce qu'elle venait d'entendre. Au moment où vous venez de me rendre un service inappréciable, manquerez-vous de générosité en vous brouillant avec moi à propos de quelques malentendus si faciles à réparer?

— Ce ne sera une rupture que si vous la proclamez vous-même. Vous êtes ma belle-mère, et je connais les devoirs que ce titre m'impose; vous trouverez toujours chez moi les attentions, les prévenances, les égards qui vous sont dus; mais le gouvernement de ma maison est un soin dont je désire m'acquitter moi-même. Je vous supplie donc très-humblement de vouloir bien vous rappeler que dorénavant il n'y a plus ici qu'un seul maître, moi!

Benoît Chaudieu salua sa belle-mère avec une politesse sérieuse et sortit du salon sans lui donner le temps de répliquer.

En toute autre circonstance, madame Bailleul se fût cramponnée désespérément au pouvoir qui lui était arraché d'une manière si imprévue, mais elle se trouvait dans une de ces positions compromises où toute résistance est impossible. Elle amena donc son pavillon sans même essayer un simulacre de combat, humiliation inouïe que lui fit supporter en silence cette considération toute-puissante, la nécessité.

Cependant la restauration de l'autorité maritale n'était accomplie qu'à moitié; restait à ranger à la soumission une charmante femme de vingt-trois ans; rude entreprise! diront tous ceux qui en ont tenté de semblables. Ainsi, Benoît Chaudieu n'avait pas encore gagné sa journée, et, remportât-il, avant le soir, une victoire complète, ce triomphe était menacé d'un lendemain. Laboissière, cet implacable spadassin, qui avait déjà tué trois hommes en duel, ne s'était-il pas juré à lui-même, par le serment le plus effroyable, de changer ce trio funèbre en quatuor, au moyen de l'odieux honnête homme qui possédait le secret de son ignominie?

X

Six heures et demie du soir venaient de sonner aux pendules de l'appartement qu'occupaient monsieur et madame Bailleul, dans la rue Vendôme. Tous les convives, un seul excepté, se trouvaient réunis dans le salon; à part la maîtresse de la maison et sa fille, il n'y avait parmi eux aucune femme : c'étaient, pour la plupart, d'anciens amis de M. Bailleul, appartenant à cette classe estimable qui, au milieu du tourbillon parisien, conserve, au fond du Marais, les habitudes pacifiques et routinières de l'ancienne bourgeoisie; race curieuse à étudier, et dont les joueurs de billard ou de domino du café Turc offrent un échantillon assez pittoresque.

En regard de ces honnêtes rentiers, deux ou trois hommes plus jeunes, et de qui les manières annonçaient des mœurs moins patriarcales, composaient une minorité qui, selon l'usage, suppléait au nombre par le mouvement et la loquacité. Ces représentants de la France moderne, avaient d'ordinaire la meilleure part aux bonnes grâces de madame Bailleul, qui, comme presque toutes les femmes sur le retour, trouvait les vieillards insupportables et réservait ses sympathies à la jeunesse. Mais, en ce moment, la belle-mère de Chaudieu était hors d'état de faire des frais d'amabilité pour personne; un malaise croissant donnait à son maintien et à ses moindres gestes quelque chose de contraint et d'inquiet; ses yeux allaient fréquemment de la pendule à la porte du salon, et, deux ou trois fois, le bruit de la sonnette, qui semblait indiquer l'arrivée du convive retardataire, la fit tressaillir de dépit en elle-même.

Le dîner avait été indiqué pour six heures précises, et les invités, gens réglés et méthodiques, commençaient à trouver l'attente longue. La conversation languissait insensiblement, malgré les efforts de Chaudieu pour la soutenir, car l'appétit est silencieux et mélancolique. M. Bailleul, qui, depuis quelque temps, ne disait mot et semblait rouler dans sa tête un projet extraordinaire, prit à la fin sa détermination et s'approcha de sa femme.

— Ma bonne amie, lui dit-il à demi-voix, il est près de sept heures; sans doute Laboissière ne viendra pas, et d'ailleurs nous ne nous gênons point avec lui. Ne penses-tu pas qu'il serait convenable de faire servir:

Le bruit de la sonnette qui, au même instant, retentit avec force, empêcha madame Bailleul de répondre, et lui causa un frémissement aussitôt réprimé. Cette fois, non-seulement ses regards, mais ceux de la réunion tout entière se dirigèrent vers la porte, qui s'ouvrit bientôt à la satifaction générale des invités.

— M. Laboissière, dit un domestique.

Autrefois, aux jours de combat, les jeunes gentilshommes de la maison du roi mettaient leurs plus beaux justaucorps, leurs plus riches dentelles, leurs perruques les plus galantes; l'homme aux spéculations équivoques, dont le physique et les manières n'eussent pas déparé une compagnie de mousquetaires, semblait avoir voulu pratiquer, autant qu'il était en son pouvoir, les préceptes de cette coquetterie martiale. Jamais son costume, toujours soigné jusqu'à la fatuité, n'avait offert des détails plus recherchés; ce n'étaient que boutons de brillants, chaîne d'or, bagues de prix. Pour venir dîner au Marais, cette terre classique des bottes à semelles de liège et des socques articulés, il avait mis des souliers vernis et des bas à jour. Dans ce brillant équipage, Laboissière resplendissait lui-même si superbement, qu'on eût été embarrassé de décider si c'étaient les vêtements qui paraient l'homme ou l'homme qui parait les vêtements. Sa chevelure, naturellement bouclée et d'un blond fauve à reflets de cuivre, avait un faux air de la crinière du lion, tandis que ses moustaches presque rouges et aiguisées de pommade rappelaient, par leur saillie en retroussis, les crocs du sanglier. Son front menaçait le plafond, son pas ébranlait le parquet, son sourire équivalait à une insulte, son regard semblait un soufflet.

De même que les gens du peuple ont des habits pour les jours ordinaires et d'autres habits pour les dimanches, La-

boissière, industriel par état et bretteur par tempérament, changeait de peau selon l'occurrence; après une semaine laborieuse, consacrée à des spéculations plus ou moins loyales, il s'était endimanché ce jour-là en duelliste, dans la ferme résolution de faire le lundi au bois de Boulogne.

Le loup-cervier, plus que jamais digne de ce titre, alla droit à madame Bailleul, devant laquelle il s'inclina, en mettant dans son salut toute l'insolence que peut comporter cette marque de respect; il jeta au maître du logis un bonjour non moins impertinent, et arrêta sur Adolphine un regard d'intelligence qui la fit rougir. Il promena ensuite les yeux autour du salon, et chercha la victime qu'il s'était promis d'immoler, au plus tard, le lendemain. Chaudieu, le dos tourné, causait dans l'embrasure d'une fenêtre; en l'apercevant, Laboissière raidit les jarrets, porta la tête en arrière et prit l'attitude d'un coq de combat dressé sur ses ergots; ainsi posé, d'un bout du salon à l'autre, il interpella son ennemi d'un ton si haut et en termes si imprévus, qu'au premier mot toutes les conversations particulières cessèrent.

— Je trouve bien surprenant, monsieur Chaudieu, dit-il au milieu du silence, que vous vous permettiez d'être ici, sachant que j'y devais venir! Je vous ai défendu hier de paraître dorénavant dans le même lieu que moi; puisque vous avez si peu de mémoire, ma cravache vous en donnera.

Un murmure de stupeur et d'improbation accueillit cette provocation inouïe. Les convives, qui ne songeaient qu'à bien dîner, perdirent momentanément l'appétit; Adolphine et sa mère se levèrent, pâles toutes deux et glacées de terreur; M. Bailleul, qui ne manquait de fermeté que vis-à-vis de sa femme, se dirigea d'un air indigné vers l'homme qui l'offensait si gravement en choisissant sa maison pour le théâtre d'un pareil scandale; mais il fut retenu par quelques-uns de ses amis, qui, par prudence, l'empêchèrent de se commettre, lui, vieillard, avec un homme de trente ans connu pour ne rien respecter.

Au milieu de l'émoi général, l'insulté seul avait conservé son sang-froid. Il attendit patiemment que Laboissière eût achevé son allocution, et lui adressa ensuite un signe de main qui pouvait se traduire par ces mots : Dans un moment je suis à vous. S'adressant alors aux jeunes gens qui venaient de causer avec lui, il leur dit à demi-voix :

— Monsieur Ruault, monsieur Milange, et vous, Boyer, ayez la complaisance de m'accompagner; Boyer, dites à Joliat, qui est près du piano, que je le mets aussi en réquisition.

Après avoir choisi pour témoins de la scène qui allait avoir lieu les quatre hommes les plus jeunes de la réunion, Chaudieu fit quelques pas vers Laboissière et lui dit avec calme :

— Monsieur, voilà un drame trop chaudement attaqué pour qu'il soit possible d'en laisser languir l'intérêt ; mais ce salon, fort bien choisi pour l'exposition, ne saurait convenir au dénouement. Veuillez me suivre jusqu'à l'antichambre.

— Jusqu'en Chine! jusqu'en enfer ! s'écria le duelliste qui se dirigea vers la porte d'un air triomphant.

Quelques-uns des convives essayèrent d'intervenir, mais les adversaires s'ouvrirent le passage sans écouter leurs paroles de conciliation.

Au moment de sortir Chaudieu se retourna.

— Que cela ne vous empêche pas de faire servir le dîner, cria-t-il à sa belle-mère ; nous en avons pour cinq minutes tout au plus.

A ces mots, il ferma la porte, et rejoignit son antagoniste et les témoins, qui s'étaient arrêtés dans l'antichambre, d'où ils avaient renvoyé les domestiques.

— Messieurs, s'écria Boyer, avant d'aller plus loin, il me semble...

— Boyer, pas un mot de plus, interrompit Chaudieu. Vous, messieurs, faites-moi le plaisir de vous ranger dans les embrasures des fenêtres et de laisser le théâtre libre pour les acteurs. Ceci est une tragi-comédie que je vous expliquerai tout à l'heure ; ce dont je vous prie en ce moment, c'est d'y assister en silence et sans l'interrompre.

Le mari d'Adolphine parlait d'un ton si absolu, que les quatre jeunes gens obéirent machinalement. Pendant ce temps, Laboissière avait pris position au milieu de l'antichambre, et y restait immobile, les bras croisés sur la poitrine, le défi dans les yeux, le dédain aux lèvres, provoquant et superbe comme le tenant d'un tournoi. Chaudieu, les voyant placés selon son désir, reprit la parole d'une voix ferme.

— Cet homme, que vous connaissez tous de réputation, dit-il en montrant son adversaire, veut me forcer de me battre avec lui. S'il n'était qu'un duelliste, je lui accorderais cet honneur, en usant de mon droit d'offensé pour régler les conditions du combat : nous nous battrions à bout portant, un seul pistolet chargé. Je me battrais donc avec un duelliste, mais je n'accepte pas le cartel d'un fripon.

— Vous êtes un infâme calomniateur ! s'écria l'industriel, à qui la destruction de sa fausse lettre de change avait rendu toute son insolence.

— Cependant, reprit l'insulté, sans s'arrêter à cette interruption, il ne me semble pas juste qu'un honnête homme se laisse impunément offenser par un escroc. J'ai prévenu, hier, M. Laboissière, qu'à la première offense le châtiment ne se ferait pas attendre. Vous venez d'être témoins de l'outrage, soyez-le maintenant de la correction.

Par un mouvement prompt comme l'éclair, Chaudieu s'arma d'un maître jonc, laissé dans un coin de l'antichambre par un des rentiers du Marais, et qui se rencontrait là tout à point, comme se trouve dans la coulisse le bâton dont se sert Scapin pour battre Géronte.

— Chaudieu ! y pensez-vous ! s'écrièrent les témoins, qui se précipitèrent vers lui pour le retenir.

— Arrière ! dit-il vivement, en les écartant par un moulinet qui eût suffi pour constater son origine bretonne ; ne voyez-vous pas que monsieur a pris ses mesures et qu'il est en état de se défendre ?

— Tous les yeux se portèrent sur Laboissière, qui avait déployé subitement ses bras croisés jusqu'alors ; dans sa main droite brillait un stylet qu'il venait de prendre dans la poche de son habit. A cette vue l'anxiété des assistants redoubla, et deux d'entre eux se glissèrent vers le duelliste dans l'intention de le désarmer ; mais il déjoua cette manœuvre en reculant jusqu'à ce qu'il se trouvât adossé à l'un des angles de l'antichambre.

— Champ libre, messieurs ! dit-il alors d'une voix éclatante.

— Oui, champ libre ! répéta Chaudieu. Il veut un duel ; ceci en est un, et les armes ne peuvent être mieux choi-

sies. Le poignard convient à la main d'un faussaire comme le bâton à ses épaules.

A ces mots, sans écouter ses amis, qui n'osant plus essayer de le retenir de force, cherchaient à l'arrêter par leurs remontrances, il marcha sur Laboissière.

— Je vous prends tous à témoin que je suis attaqué et forcé de me défendre, dit celui-ci, en se mettant en garde dans une attitude appropriée à ce duel singulier, le bras gauche en avant et arrondi à hauteur de tête, de manière à parer le premier coup, le stylet fortement serré dans la main droite et prêt à la riposte.

Les deux ennemis restèrent un instant immobiles, à trois pas de distance, les yeux l'un sur l'autre et mutuellement attentifs à leurs moindres mouvements.

— Coup pour coup ! fit Laboissière en voyant le bras de son adversaire levé.

Il n'eut pas le temps d'en dire davantage ni d'exécuter la riposte qu'il méditait. Après avoir, dans un tournoiement si rapide que l'œil ne pouvait le suivre, menacé à deux reprises la tête du belliqueux industriel, l'arme du Breton décrivit subitement un demi cercle en sens contraire, frappa, de bas en haut, Laboissière au poignet droit, et lui fit sauter de la main le stylet. Chaudieu se précipita aussitôt sur son adversaire désarmé, le saisit au collet, le tira au milieu de l'antichambre par une secousse vigoureuse, et lui appliqua lestement sur les épaules une demi-douzaine de coups de canne.

— Il ne s'agit pas de vous assommer, mais de vous corriger, lui dit-il alors en le lâchant brusquement. Si la leçon ne suffit pas, je suis à vos ordres pour une seconde.

Laboissière avait vu dix fois la pointe d'une épée à quelques pouces de sa poitrine ou le canon d'un pistolet braqué sur lui, et jamais dans ces différentes rencontres, sa fermeté ne s'était démentie ; mais, en ce moment, l'humiliation à laquelle il n'avait pu se soustraire parut avoir brisé toute son énergie. Pris d'un vertige soudain, il sentit ses genoux se dérober sous lui et gagna d'un pas mal assuré une banquette sur laquelle il se laissa tomber à demi mort de honte et de rage.

Si expéditive qu'eût été l'exécution que nous venons de décrire, les témoins choisis par Chaudieu n'y avaient pas assisté seuls. Le champ de bataille, il est vrai, avait été scrupuleusement respecté, car le poignard de l'un des combattants et la manière toute bretonne dont l'autre jouait du bâton rendaient prudents les plus hardis ; mais à toutes les portes de l'antichambre se pressaient les figures curieuses ou effrayées des convives et des domestiques. M. Bailleul, sa femme, Adolphine même n'avaient pas perdu un seul détail de cette scène tragi-comique.

L'émotion universelle était si forte, qu'un instant après le dénouement, le silence de l'immobilité régnait encore. Chacun, parent ou étranger, maître ou valet, restait à sa place, l'œil fixe et la bouche béante, comme si sa curiosité n'eût pas été complétement assouvie. Quelques-uns même, à qui Laboissière avait déplu par ses manières impertinentes, semblaient avoir pris goût à la chose, et peu s'en fallut que deux ou trois ne criassent : Bis !

— Messieurs, dit alors Chaudieu en s'adressant à la galerie, la pièce est jouée ; ce que nous avons de mieux à faire maintenant, c'est d'aller nous mettre à table. Pierre, continua-t-il en appelant son domestique, donnez à M. Laboissière son chapeau et le reconduisez jusqu'à la rue. M. Guichard, poursuivit-il en s'adressant au plus considérable des convives, veuillez offrir le bras à madame Bailleul et nous montrer le chemin de la salle à manger ; voilà trop longtemps qu'on nous fait attendre un mauvais dîner.

Benoît Chaudieu, qui jusqu'alors n'avait jamais eu voix consultative dans la maison de sa belle-mère, se vit obéi avec une ponctualité merveilleuse ; tant il est vrai que toute victoire, même une victoire à coups de poing, grandit dans l'esprit des autres celui qui la remporte. Laboissière, littéralement ivre de l'affront qu'il avait reçu, se laissa expulser sans essayer la moindre résistance, et se trouva un instant après sur le pavé de la rue Vendôme, ne sachant s'il était bien éveillé ou si le plus épouvantable cauchemar était venu s'accroupir sur lui pendant son sommeil. A la fin il pencha pour cette dernière opinion.

— De tels outrages à moi ! se dit-il avec une méprisante incrédulité ; à moi, qui ai tué trois hommes en duel et qui en ai blessé quatre ! Allons donc ! j'aurai trop bu à dîner et je fais un mauvais rêve ; il est évident que je suis gris, et même je me suis déjà laissé tomber, car j'ai le poignet droit horriblement foulé.

Pendant ce temps, les autres personnages de ce récit faisaient leur entrée dans la terre promise de la salle à manger. Dans le salon, par où il fallait passer, Chaudieu retint en arrière les convives dont il avait réclamé l'assistance.

— Messieurs de la jeune France, laissez passer les anciens, leur dit-il en souriant ; j'ai encore un mot à vous dire.

Les quatre témoins se groupèrent avec empressement autour de lui.

— Messieurs, reprit-il d'un ton sérieux, j'ai dit tout à l'heure quelle raison m'empêchait et m'empêchera toujours de me battre avec monsieur Laboissière. J'ignore si cette explication vous a paru satisfaisante. Le duel a des maximes tellement rigoureuses que peut-être un refus qui me semble, à moi, légitime, vous paraît, à vous, contraire aux rigides principes de l'honneur. S'il en est ainsi, ce dont je serais désolé, voici ce que je dois vous dire : vous êtes ici quatre hommes pour qui je professe la plus sincère estime et dont l'approbation m'est trop précieuse pour qu'il me soit possible de m'en passer. Si donc l'un ou plusieurs d'entre vous, interprétant mal ma conduite, me font l'injure de croire que je recule devant un duel, je les supplie de vouloir bien s'expliquer à cet égard afin que je leur prouve qu'ils se sont trompés.

D'un mouvement unanime les quatre jeunes gens tendirent la main à Chaudieu, et ils serrèrent cordialement la sienne l'un après l'autre.

— Vous vous moquez de nous, lui dit M. Ruault ; à votre place j'en aurais fait tout autant. Je n'ai pas besoin de connaître votre grief contre Laboissière pour savoir que c'est un vrai chevalier d'industrie.

— Vous avez, ma foi, fort bien fait de lui frotter les oreilles, ajouta M. Milange ; cela le rendra peut-être moins insolent.

— Parbleu, mon cher, dit à son tour M. Joliat, chétif personnage d'environ cinq pieds de haut, on a beau dire, la vigueur physique est une belle chose. Il paraît qu'en Bretagne on n'y va pas de main morte.

— Ce qu'il y a de certain, fit Boyer, c'est que voilà le terrible spadassin coulé bas. Du diable ! s'il ose reparaître chez Tortoni.

— Ainsi donc, messieurs, vous m'approuvez tous ? demanda Chaudieu.

— Parfaitement, complétement, entièrement, répondirent-ils tous quatre à la fois.

— En ce cas, à table.

Le dîner se ressentit du hors-d'œuvre étrange qui l'avait précédé. Les convives les mieux disposés à y faire honneur avaient perdu une partie de leurs moyens, et l'on eût dit que la canne du Breton retentissait encore au fond de chaque estomac. Mais si l'appétit languit, la conversation, en revanche, fut bruyante ; les prouesses industrielles de Laboissière en firent à peu près tous les frais. Chacun dit son mot, même les plus circonspects. Le spéculateur duelliste, qui jusqu'alors, grâce à ce dernier titre, s'était vu redouté de ses dupes et avait joui d'une sorte d'inviolabilité, fut l'objet des accusations les plus sanglantes, et, il faut le dire, les plus justifiées. Le bâton avait rompu le prestige de l'épée. Parmi les plus paisibles rentiers de la société il ne s'en trouvait pas un seul qui ne se promît d'assommer la race spadassine, pour peu que l'occasion s'en présentât.

Avant la fin du repas, le bandeau qui avait trop longtemps couvert les yeux d'Adolphine était entièrement déchiré. Laboissière n'était plus pour elle qu'un aventurier démasqué ; les deux femmes, la rougeur sur le front et la confusion dans le cœur, rendaient grâce au ciel, l'une de n'être pas restée, l'autre de n'être pas tombée à la merci d'un pareil homme.

Après dîner, les convives ne tardèrent pas à se retirer ; au moment où les derniers prenaient leurs chapeaux, Chaudieu s'approcha de sa belle-mère et lui dit à l'oreille :

— Éloignez votre mari, je désire parler un instant à ma femme devant vous seule.

— Mon ami, dit aussitôt madame Bailleul à son époux, puisque ces messieurs s'en vont, voudrais-tu avoir la complaisance d'aller jusque chez le pharmacien, qui ne m'a pas encore envoyé mes pilules :

— Ma bonne amie, répondit le bonhomme, je te ferai observer qu'il est dix heures passées ; il me semble qu'un domestique pourrait bien...

— Je crains une méprise et je ne me fie qu'à toi. D'ailleurs, que Pierre t'accompagne.

Habitué à l'obéissance passive, M. Bailleul partit aussitôt pour exécuter cette corvée de confiance.

Quand tous les personnages inutiles furent sortis, Chaudieu vint se placer en face des deux femmes.

— Ma chère Adolphine, dit-il d'un ton affectueux et grave, j'ai eu hier une explication avec ta mère ; elle voudra bien t'en faire part, car je n'aime pas les redites. Aujourd'hui je me contenterai de t'adresser un petit avertissement que les circonstances rendent indispensable. Je ne suis pas beau, je n'ai ni un esprit transcendant ni une amabilité séduisante : voilà mon opinion sur moi-même ; la tienne est un peu sévère : je sais que tu me trouves positivement laid, sot et ennuyeux.

— Benoît, pouvez-vous dire cela ! s'écria la jeune femme, déconcertée d'un pareil préambule.

— Je ne demanderais pas mieux que de te plaire, reprit-il froidement ; mais puisque la nature m'a refusé les dons qui pourraient m'obtenir ta tendresse, je suis forcé de renoncer aux priviléges de l'amant et de me contenter des droits du mari. Ces droits, continua-t-il d'une voix tranchante, je saurai les faire respecter. Je ne reviendrai pas sur le passé, mais je dois te dire, pourtant, que ta conduite à l'égard de ce Laboissière a été légère et inconvenante ; j'excuse une première imprudence, j'aurais moins d'indulgence pour la seconde et je ne pardonnerais jamais une faute. C'est à toi maintenant de décider si tu veux la paix ou la guerre ; mais réfléchis avant de choisir. Tu viens de voir que je sais châtier un insolent ; ne me force pas de t'apprendre que je sais aussi punir une coupable.

Foudroyée par cette sévère allocution, Adolphine essaya d'une voix émue quelques paroles de justification que son mari interrompit brusquement.

— Pas un mot de plus, dit-il, je sais à quoi m'en tenir ; tu es avertie ; comme tu agiras, j'agirai. Mets ton chapeau ; nous avons trois lieues à faire avant d'arriver chez nous. Je vais voir si notre voiture est là.

— Mon Dieu ! qu'est-ce que cela signifie ! s'écria madame Chaudieu quand son mari fut sorti du salon.

— Cela signifie, répondit madame Bailleul, qu'avec son air de bonhomie il nous a jouées toutes deux. Le mouton est un loup, et maintenant au lieu de songer à le tondre, prends garde à ses dents.

— Il m'a fait une peur horrible. Avez-vous remarqué son regard pendant qu'il me parlait ! il y a de l'Othello dans ces yeux-là.

— Un vrai loup, te dis-je. Ainsi, mon enfant, plus de coquetterie et surtout pas de sottises, il ne ferait de toi qu'une bouchée.

— Vous croyez qu'il serait capable...

— De tout ; rien n'est pire que ces eaux dormantes ; d'ailleurs tu viens de le voir à l'œuvre.

Adolphine éprouva un léger frisson qui parcourut ses blanches épaules, et elle respira avec force comme si elle eût déjà senti sur sa bouche l'oreiller de Desdemona.

Un quart d'heure après, les deux époux étaient partis pour leur maison de campagne.

Après avoir médité les projets les plus sanguinaires, Gustave Laboissière comprit qu'avec un adversaire déterminé à refuser tout cartel et doué de la vigueur d'Hercule, la seule vengeance possible était l'assassinat ; mais, ainsi que Chaudieu l'avait prévu, l'homme qu'un faux n'avait pas effrayé recula devant un crime dont l'enjeu eût été sa tête. L'aventure, dont les détails amplifiés, selon l'usage, s'étaient répandus dès le lendemain parmi ses connaissances, lui rendit insupportable le séjour de Paris, d'où certaines considérations de prudence lui conseillaient d'ailleurs de s'absenter. Le spéculateur duelliste dévora son humiliation, et avala, pour la faire passer, tout ce qu'il put accrocher çà et là d'espèces sonnantes ; puis, sans crier gare, il transporta ses pénates à Bruxelles, refuge ordinaire des aventuriers de son espèce. Il faut être juste pour tout le monde ; nous ajouterons donc que Gustave Laboissière a laissé à Paris de nombreux regrets, aux personnes dont il a emporté l'argent.

Corrigée par la leçon qu'elle venait de recevoir, et, de plus, avertie par quelques cheveux gris du départ définitif des amours, madame Bailleul, après la fugue de Laboissière, se réveilla dévote un beau matin. C'est assez dire que le collier de son mari s'est resserré d'un cran et que la laisse s'est raccourcie à proportion. A la réforme de sa femme, le bonhomme a gagné deux jours de maigre par semaine et la messe à entendre le dimanche. Il est superflu d'ajouter qu'il s'acquitte de ces devoirs nouveaux avec la soumission dont il ne s'était jamais départi auparavant ; il est cependant un plaisir profane dont le retranchement lui laisse un regret quotidien : c'est la lecture de son journal favori, auquel madame Bailleul l'a pieusement désabonné ; par bonheur, la rue Vendôme n'est pas loin du café Turc, et, ma foi, le vieillard, n'en dites rien à sa femme, poussa quelquefois la hardiesse jusqu'à faire l'école buissonnière dans ce respectable établissement.

Sans avoir conçu pour son mari une de ces romanesques passions que la vie du ménage éteint souvent et ne détermine jamais, Adolphine s'est attachée à lui, depuis que deux enfants, gage de concorde, sont venus cimenter leur union. D'ordinaire, la maternité endort la coquetterie ; madame Chaudieu a subi à son insu cette salutaire influence ; près de ces blonds chérubins, qui la regardent en souriant, elle a senti s'amortir peu à peu le goût des émotions dangereuses. Ses enfants sont ses anges gardiens ; d'ailleurs son mari suffirait à cet office, car il veille, et la jeune femme ne se laisse plus prendre à son air endormi. Elle le craint ; or, pour certaines natures nerveuses, chez qui l'imagination parle plus haut que le cœur, la crainte est un frein dont l'emploi est excusable, quand il est justifié par la nécessité ; sans doute l'amour seul vaudrait mieux ; mais pour citer une seconde fois Larochefoucauld, à qui l'on doit revenir souvent lorsqu'on veut rester dans le vrai ; — « Il en est du véritable amour comme de l'apparition des esprits : tout le monde en parle, mais peu de gens en ont vu. »

Grâce à sa patiente et conciliante fermeté, Benoît Chaudieu a écarté de son toit domestique tous les éléments d'orage et de discorde. Plein d'égards pour la famille à laquelle il s'est allié, mari affectueux sans faiblesse, absolu sans tyrannie, il est le maître chez lui, chose rare ! il est aimé et considéré de son beau-père, chose plus rare ! enfin il vit en parfaite harmonie avec sa belle-mère, chose si rare que nous n'ajouterons pas un mot, de crainte d'affaiblir l'effet de cette assertion phénoménale.

Paris. — Imprimerie WALDER, rue Bonaparte, 44.